華山劍宗
화산검종

한성수 新무협 판타지 소설
FANTASTIC ORIENTAL HEROES

화산검종 5
한성수 新무협 판타지 소설

초판 1쇄 찍은 날 § 2008년 7월 22일
초판 1쇄 펴낸 날 § 2008년 7월 30일

지은이 § 한성수
펴낸이 § 서경석

편집장 § 문혜영
편집 § 정서진 · 유경화 · 최하나

펴낸곳 § 도서출판 청어람
등록번호 § 제1081-1-89호
등록일자 § 1999. 5. 31
어람번호 § 제2-1540호

주소 § 경기도 부천시 원미구 심곡1동 350-1 남성B/D 3F (우) 420-011
전화 § 032-656-4452 팩스 § 032-656-4453
http://www.chungeoram.com
E-mail § eoram99@chollian.net

ⓒ 한성수, 2008

ISBN 978-89-251-1412-5 04810
ISBN 978-89-251-1227-5 (세트)

※ 파본은 구입하신 서점에서 교환하여 드립니다.
※ 저자와 협의하여 인지를 붙이지 않습니다.
※ 이 책은 도서출판 청어람과 저작자의 계약에 의해 출판된 것이므로,
   무단 전재 및 유포 · 공유를 금합니다.

화산검종

Fantastic Oriental Heroes
한성수 新무협 판타지 소설

華山劍宗
일도양단(一刀兩斷)

5

目次

장	제목	쪽
41장	미녀살흔(美女殺痕)	7
42장	천하제일(天下第一)	41
43장	야중문답(夜中問答)	73
44장	마신마제(魔神魔帝)	103
45장	대원금도(大元金刀)	135
46장	승룡비천(昇龍飛天)	165
47장	천참만륙(千斬萬戮)	197
48장	심중마언(心中魔言)	225
49장	일도양단(一刀兩斷)	257
50장	조강지처(糟糠之妻)	289

第四十一章
미녀살흔(美女殺痕)
실력이 뒷받침되지 않은 용기는 만용과 다름 아니다

華山
劍宗

풍류객점.

한 달 전 서안 일대를 진동시켰던 '비무초친의 변' 이후 이곳은 극도로 한산해졌다. 언제 대규모의 소동이 있었냐는 듯 평안해져서 고적하기까지 했다.

더불어 이곳의 주인인 노대인의 한숨 역시 날이 갈수록 깊어져 가고 있었다. 어쩔 때는 끝없는 한숨에 땅이 꺼질락 말락 할 정도였다.

본래 이곳은 장사가 그리 잘되지 않았다.

실제론 서안 일대에서도 가장 후미진 곳에 세워진 객점 중 하나였다.

그런 곳을 노대인은 나름 거금을 들여서 인수했다. 북궁세가에서 벌어지기로 예정된 비무초친과 이후 벌어질 성대한 혼례식 때 몰려들 구경꾼으로부터 한몫 단단히 벌 수 있을 거란 기대로 인한 투자였다.

그러나 북궁세가는 비무초친을 통제했고, 이후 엄청난 난리가 났다.

서안을 비롯한 섬서성 일대 무림에서 가장 위세가 당당했던 사패주 중 한 명인 서방도신 북궁한경이 살해당하는 사건이 벌어진 것이었다. 그것도 자신의 아들들과 북궁세가 내부 인물들의 동조하에 말이다.

그로 인해 북궁세가를 비롯한 서안 일대가 발칵 뒤집어졌음은 물론이었다.

북궁한경을 살해한 아들들 중 사공자 북궁단과 오공자 북궁열의 목이 잘리고, 주모자인 삼공자 북궁휘는 도주했다. 이에 동조했던 북궁세가 내부와 외부의 무수히 많은 사람들이 숙청의 피바람 속에 목숨을 잃은 건 말할 것도 없는 수순이었다.

더불어 서안 일대는 지난 한 달여간 살기등등한 북궁세가 무사들로 인해 경제 자체가 완전히 죽을 쑤게 되었다. 그들이 서안 일대를 오고 가며 병장기를 든 무림인이면 무조건 잡아서 수색을 하곤 했기 때문이다.

당연히 서안 일대의 상인들의 불만은 나날이 높아져만 갔

고, 노대인 역시 마찬가지다.

　북궁세가의 통제 때문에 가뜩이나 안 되던 장사가 파리만 날리게 되었다. 불만이 생기지 않는다면 그거야말로 거짓말일 터였다. 이렇게 가다간 투자금의 회수는커녕 장사가 쫄딱 망하게 생겨 버린 상황이었다.

　그러나 사람이 죽으란 법은 없다고 했던가!

　다른 날과 마찬가지로 아침부터 객점 앞에 쭈그리고 앉은 채 한숨만 내쉬고 있던 노대인 앞에 느닷없이 구세주가 나타났다. 한 달여 전 잠시 이곳에 숙박했던 사람이다.

　"주인장, 날 기억하시오?"

　"손님은……."

　잠시 그리 좋지 못한 기억력을 더듬어가던 노대인이 자신의 앙상한 무릎을 손으로 찰싹 때렸다.

　"아하! 손님은 한 달 전쯤 이곳에 투숙하셨던 분 아니십니까?"

　"맞소이다. 노인장이 연세에 비해 기억력이 패나 좋으시구려?"

　"다행히 머리는 그리 나쁘지 않습니다. 어떻게 이번에도 상방을 내드리면 되겠습니까? 다른 손님들은 더 없으시고요?"

　노대인은 적극적으로 나섰다.

　지난 북궁세가의 비무초친 때도 풍류객점을 며칠간 통째

로 빌려서 돈벌이를 확실하게 시켜줬던 손님이다. 이번에도 그러지 말라는 법은 없다.

그때 그의 앞에 쩔그렁 소리와 함께 묵직한 주머니 하나가 떨어져 내렸다.

움찔!

노대인은 근래 돈에 무척이나 굶주린 상황이었다. 귓가를 울리는 감미로운 소리에 몸을 한차례 떨어 보인 그의 손이 어느새 주머니를 향하고 있었다. 자동적인 반응이다.

"크헉! 이, 이게 모두 은자……."

노대인은 주머니 속의 내용물을 확인하곤 잠시 호흡 곤란을 일으켰다. 맨 처음 생각했던 이상의 거금을 확인하고 크게 놀란 것이다.

"이곳을 넘겨주시구려."

"객점을 통째로 사시겠다는 겁니까?"

"물론이오."

"당장 계약서를 쓰시죠!"

노대인은 혹시라도 상대방이 딴말을 할까 봐 즉각적으로 반응을 보였다. 그러려고 했다.

"그럴 필요는 없소이다. 그냥 노인장은 이곳을 지금 당장 넘기고 바로 떠나면 되는 것이오."

"그, 그렇지만 나중에라도 혹시 이곳에 대한 소유권에 문제가 생기면 곤란하실 수도……."

"그럴 일은 없을 것이오."

노대인은 문득 자신의 앞에 서 있는 청아한 용모의 노인이 어떤 부류에 속한 자인지 깨달았다. 그 역시 이 나이 먹도록 인생을 헛산 건 아니었기 때문이다.

'무림인!'

깨달음이 있었는데, 즉각적으로 행동하지 않는다는 건 말이 안 된다. 그런 식으로 세상을 살아서는 오랫동안 잔명을 연명키가 어렵다.

얼른 고개를 넙죽 숙여 보인 노대인이 곧바로 자리를 털고 일어서 풍류객점을 떠나갔다.

그는 뒤조차 돌아보지 않았다. 혹시라도 무림인들의 행사에 끼었다가 된서리라도 맞을까 봐 두려웠기 때문이다.

잠시 후.

풍류객점에는 한 달 전과 마찬가지로 다양한 부류의 사람들이 모여들었다. 구정회의 기인이사들이 다시 이곳에 집결한 것이었다.

"이곳의 주인… 장사치답게 제법 눈치가 빠른 자로군."

"헤엥, 장사치라고?"

"응? 아닌가?"

평소처럼 술을 홀짝거리며 마시고 있던 취도 목상자의 반문에 팔방신개가 피식 하고 웃어 보였다.

명백한 비웃음이다.

당연히 팔방신개를 바라보는 목상자의 눈빛이 불퉁해진다. 다시 그에게 질문을 던지고 싶은 생각이 싹 가신다. 대신 그의 시선이 향한 곳은 노대인과 거래를 끝낸 우현 쪽이었다. 도대체 팔방신개가 한 말이 무언지를 묻고 있는 것이다.

우현이 탐스런 수염을 손으로 한차례 쓰다듬곤 입가에 흐릿한 미소를 담았다.

"노부가 한 달 전과 마찬가지로 이곳을 다시 구정회의 안가(安家)로 삼은 데는 이유가 있지 않겠소이까?"

"제길! 우현, 당신도 늙은 거지처럼 말을 이리저리 돌리는 것이오? 좀 빈도가 알아듣게끔 설명해 주시오!"

"언짢으셨다면 죄송하외다. 이곳은 섬서 하오문의 관할에 들어가 있는 장소올시다."

"하오문?"

"그렇소이다. 우리는 전날과 마찬가지로 귀왕이 지정해 준 장소를 빌린 것이란 뜻이외다."

"아하!"

목상자가 나직이 탄성을 발하며 입가에 흐릿한 미소를 매달았다. 비로소 팔방신개가 그다지 탐탁하지 않은 기색을 보인 까닭을 눈치 챈 것이다.

'하긴 하오문과 개방은 본래 사이가 안 좋을 수밖에 없을

테지. 둘 다 정보를 주로 다루는 무림 집단이니만치 보이지 않는 알력이 심할 수밖에 없을 거거든.'

내심 고개를 끄덕인 목상자가 다시 우현에게 질문했다.

"그럼 좀 있다가 귀왕도 오는 것이오?"

"귀왕은 안가만 지원해 줬을 뿐이외다. 아마 최소한 서안 일대에서 벌어지는 구정회의 행사에 다시는 끼어들지 않을 것이오. 지난번 북궁세가에서 꽤나 큰 중상을 입은 모양이니까."

"그때 부상 하나나 둘쯤 당하지 않은 자가 어딨다고. 역시 하오문에 속한 자답게 쥐새끼처럼 구는군."

"본래 귀왕은 구정회에 속했다기보다는 협력자에 가까운 사람이었소이다. 본 회가 서안에서 북궁세가의 눈을 피해 이만큼이나마 활동할 수 있는 것도 그의 덕분이니, 너무 타박하진 마시오."

"흥! 우현이 그렇게까지 말한다면야……."

나직한 코웃음과 함께 목상자가 말끝을 흐리곤 손에 들고 있던 술병을 다시 입가에 가져갔다. 귀왕에 대한 불만이 그리 쉽사리 가시진 않을 듯싶다.

그때 풍류객점의 문이 요란한 소리와 함께 열렸다.

우현을 비롯한 삼 인의 시선이 문 쪽으로 향했음은 물론이다.

모습을 드러낸 건 여전히 당환경의 얼굴을 하고 있는 당무

결과 예의 중년 승인, 그리고 챙이 넓은 방립으로 용모를 가린 청년이었다.
　우현이 당무결을 확인하곤 미미하게 고개를 끄덕여 보였다.
　"혈군자, 아직 용모를 바꾸진 않았구려?"
　목상자와 팔방신개는 제각기의 방식대로 인상을 슥 긁어 보인다. 당무결 때문이다.
　"흥! 잘도 아직까지 그런 얼굴을 하고 있구만."
　"쓰헐! 더럽구나, 더러워! 같이 나이 처먹어가는 사이에 어떤 놈은 아직도 새파란 애송이를 흉내 내며 돌아다니고, 이 늙은 거지는 얼굴에 주름만 가득하다니……."
　당무결이 우현에게 슬쩍 고개를 끄덕여 보이곤 한빙처럼 차가운 시선을 목상자와 팔방신개에게 던졌다. 뒤이어 흘러나온 목소리 역시 그리 온기가 느껴지진 않는다.
　"두 분, 노부의 과거를 거론하고자 한다면 언제든지 상대해 줄 용의가 있소이다. 혼자서 자신이 없다면 두 명이 동시에 덤벼들어도 상관없소이다."
　"뭐라?"
　"쓰헐! 이런 건방진!"
　목상자와 팔방신개의 표정이 일변했다. 언제 견원지간(犬猿之間)처럼 말다툼을 했냐는 듯 새롭게 나타난 공동의 적, 당무결을 죽일 듯 노려봤다.

그러나 그들 중 누구도 쉽사리 당무결에게 손을 쓰진 못했다.

과거 천하를 휩쓸었던 구마련의 구대마종 중 일좌!

사천당가에서 근 백여 년간 배출된 최고의 고수가 바로 혈군자 당무결이었다. 아무리 목상자와 팔방신개가 구정회에서 손꼽히는 고수라곤 하나 쉽사리 승부를 장담할 순 없는 게 당연하다.

으쓱!

당무결이 한쪽 어깨를 추어 보이며 두 눈에 차가운 기운을 더했다. 언제든 덤빌 테면 덤비라는 오연한 태도다.

난처해진 건 목상자와 팔방신개다.

그들은 당무결이 한쪽 어깨를 추어 보이는 동작에 바짝 긴장했다.

천하에서 손꼽히는 독공과 암기의 초절정고수!

언제 어떻게 용독(用毒)과 암기를 펼칠지 알 수 없다. 또한 상당히 치명적이다. 한 번 손을 쓰기 시작하면 중간에서 적당히 끝낼 수 없다는 뜻이다.

'제기랄, 우현은 왜 말리지 않는 거지? 다른 때는 잘만 끼어들더니…….'

'쓰헐! 혼자서는 걱정이 되고. 그렇다고 목상자, 이 술귀신 녀석과 합공하는 건 체면이 서지 않고. 우현은 도대체 이럴 때 나서지 않고 뭐 하는 것이냐?'

목상자와 팔방신개의 시선이 은근슬쩍 우현을 향했다.
언제나와 같다.
사고를 쳐놓고 곤란해지자 구정회의 군사이자 해결사인 우현이 현 상황을 타개해 주길 바란다. 여태까지 늘상 그리해 왔기 때문이다.
'이런 사고뭉치들 같으니……'
내심 쓰게 웃어 보인 우현이 그제야 나섰다. 곧바로 청산유수와 같은 중재의 말이 흘러나온다.
"당 대협, 본래 입이 건 사람들이외다. 모두 당 대협의 외모가 워낙 출중해서 시샘을 받는 것이니, 양측 모두 화기가 상할 만한 일은 하지 않는 게 좋을 것 같소이다."
'당 대협? 그리 나쁘지 않은 호칭이군……'
당무결은 실제로 목상자와 팔방신개 전부와 한바탕 드잡이질을 벌일 용의가 있었다.
벌써 열 개의 손가락 끝에는 다섯 종이 넘는 독을 운집하고 있었고, 세 종류의 암기 또한 뒤이어 펼치기 위해 준비해 놓은 상황이었다.
전날.
당무결은 북궁세가의 대연무장에서 마도의 대마두에서 사천당가를 대표하는 정파의 협사로 돌아올 절호의 기회를 잡았다.
그가 구정회에 몸을 담게 된 이유.

바로 거기에 있었다. 그렇기에 비무대에서 마주한 운검의 깨우침을 듣자마자 한 치의 망설임도 없이 일학충천을 펼친 후 사자후를 터뜨릴 수 있었다.

그러나 그 후에 운검의 놀랄 만한 대활약이 펼쳐졌고, 그가 차지했어야 할 영광 역시 가져가 버렸다. 섬서 일대의 정파 인사들을 대살육극에서 구출해 냈다는 명예를 두 눈 버젓이 뜬 채로 강탈당해 버리고 만 것이다.

당연히 정체까지 들통이 나서 다시 구마련으로 돌아가지도 못하게 된 상황에서 속이 있는 대로 꼬이지 않을 수 없었다. 구정회 고수들의 도발에 슬쩍 넘어가서 화풀이라도 화끈하게 벌여야 조금이나마 분기가 풀릴 듯했다.

하지만 적절한 시기에 우현에게서 흘러나온 '대협'이란 호칭은 순식간에 당무결의 꼬인 심사를 풀어버렸다. 정파 중의 정파라 할 수 있는 당가의 출신임에도 평생 들어보지 못한 호칭이 썩 마음에 든 까닭이다.

슥!

당무결이 준비해 뒀던 독공과 암기술을 거둬들였다. 우현을 향하는 시선 역시 약간 풀렸다.

"지나친 호칭이시오. 노부는 대협이란 칭호를 받을 만한 일을 한 적이 없소이다."

우현이 슬며시 고개를 저어 보였다. 당무결의 말에 동의하기 어렵다는 뜻을 분명히 한 것이다.

"그렇지 않소이다. 전날 북궁세가의 대연무장에서 당 대협은 전력을 다해서 정파의 군웅들을 구하기 위해 노력했소이다. 사(邪)를 버리고 정(正)으로 돌아오신 거외다. 어찌 대협이란 말을 들을 자격이 없겠소이까?"

"그렇게 노부의 얼굴에 금칠을 해주실 것까진 없소만……."

"결코 금칠이 아니외다!"

단호한 우현의 말에 당무결이 얼핏 입가에 흐릿한 미소를 매달았다. 아주 잠깐이지만 내심의 흐뭇함을 밖으로 드러낸 것이다.

'아미타불! 역시 우현 시주는 놀랍구나! 이 대마두를 단지 몇 마디 말로써 회유할 수 있다니…….'

중년 승려는 내심 감탄했다. 사부에게 누누이 우현에 대한 얘기를 들었으나 실제로 곁에서 살피자니 놀라운 심경을 감출 수 없었다. 사부의 명으로 지난 며칠간 당무결과 함께하는 동안 그의 괴벽스럽고 오만한 품성 때문에 몇 차례나 한숨을 속으로 삭여야만 했기 때문이다.

그 같은 중년 승려의 내심을 눈치 챈 듯 우현이 그에게 따뜻한 관심을 표했다.

"대사, 당시 존사께서는 무탈하게 대연무장을 빠져나가셨겠지요?"

"물론입니다. 사부님께서는 그날 구정회의 여러 노시주님

들의 활약에 대해서 빈승에게 깊은 존경과 감사를 전하라 하셨습니다."

"과찬이외다. 사실 그날 대활약을 한 건 구정회가 아니라 구대문파에 속한 운검이란 젊은이였으니까요. 그 화산파의 청년은 무사히 서안을 빠져나갔겠지요?"

"그 시주는……."

중년 승려가 뭐라 말하려다 슬쩍 입을 다물었다. 문득 자신에게 운검에 대해 언급할 만한 자격이 없다는 생각이 들었기 때문이다.

그때 그와 함께 온 방립청년이 나섰다.

스륵!

방립의 널따란 챙을 들어 올려 잘생긴 얼굴을 드러낸 북궁휘가 차갑게 정제된 표정으로 말했다.

"그 점에 대해서는 구정회의 여러 노선배님들의 힘을 빌려야만 할 것 같습니다. 그분은 사적으로 제 사부님이기도 하니까요."

"사부?"

"그렇습니다. 저 북궁휘는 운검 사부님의 이제자입니다. 물론 구정회주님의 후계자이기도 합니다만."

"……."

우현이 한 달 만에 몰라볼 정도로 달라진 북궁휘의 표정을 현기 어린 눈으로 살피곤 내심 고개를 가로저었다.

놀랍게도 북궁세가에서 펼친 천라지망을 뚫고 서안으로 돌아온 북궁휘를 중간에서 낚아챈 건 신비에 싸인 구정회주였다. 게다가 그는 북궁휘의 놀라운 자질을 높이 사 후계자로까지 삼았다.

물론 외견상 그러했다.

누구보다 구정회주에 대해서 잘 아는 우현은 그의 심사가 그리 단순하지 않으리란 걸 눈치 채고 있었다.

사패 중 하나인 북궁세가의 단 세 명 남은 후계자 중 하나!

지닌바 천재적인 무학에 대한 재능은 그리 중요치 않았다. 후일 북궁세가에 깃든 대종교의 암운이 걷히게 될 경우 북궁휘는 가주의 위에 오를 수 있는 가장 유력한 인물이었다. 그리고 그것만으로도 구정회주로선 충분한 투자 가치가 있을 터였다.

'물론 이 북궁세가의 삼공자 또한 회주의 그 같은 심중을 이미 눈치 채고서 그의 제의를 받아들였을 것이다. 부친의 복수가 절실했을 테니까. 하지만 그런 상황에서도 운검이란 청년의 제자임을 포기하지 않으니, 그것 또한 흥미로운 일이로다.'

화산파의 운검.

오 년여 전 구마련과 정파무림이 대혈전을 벌일 때 느닷없이 튀어나온 명검이다. 신검이었다.

하지만 그 놀라운 검은 곧 자취를 감췄다. 세상에 언제 모

습을 드러냈냐는 듯 흔적조차 남기지 않고 꼬리를 감춰 버렸다. 예정된 영광 역시 포기해 버렸다.

당시 우현은 몇 가지 가정을 내렸다. 그리고 곧 자신의 예상이 옳다는 걸 확인했다. 운검이란 검은 그날, 구마련주가 죽던 때에 함께 부러져 버린 게 분명했다.

그런데 이제 다시 그 검이 과거와 같은 찬연한 빛을 뿌리며 무림에 등장했다. 언제 부러졌냐는 듯 신검으로서의 자신을 당당하게 세상에 내보인 것이었다.

'게다가 그 신검은 이번에 날개까지 달았다. 고대마교의 유물인 마신흉갑이란 날개를. 과연 고대마교의 후예임을 자처하는 대종교는 앞으로 그를 어찌 대할 것인가?'

자못 흥미진진하다.

머리로써 세상을 살아가는 모사에겐 더욱 그렇다. 자신이 짜냈던 천하정세도(天下政勢圖)에 예기치 못했던 변수가 등장했기 때문이다.

빙긋.

자신도 모르게 입가에 미소를 담은 우현이 북궁휘에게 천천히 고개를 끄덕여 보였다.

"소회주, 염려 놓으시게나. 그 운검이란 청년에 대해서라면 이미 회주님께서 몇 가지 안배를 해놓으셨다네."

"안배라시면?"

"당시 그 자리엔 구대문파의 고인이 몇 명이나 있었지 않

은가? 지금쯤이면 아마 화산파의 운양 장문인에게 전언이 갔을 것일세."

"그럼……."

"화산파에서 움직일 걸세. 비록 근래 들어 세가 크게 기울었다곤 하나 이곳은 섬서성일세. 화산파에서 마음먹고 움직인다면, 막을 수 있는 세력은 그리 많지 않을 거야. 한동안 북궁세가는 내부 정비로 바빠서 서안 밖까지 신경을 쓰지 못할 테니 말일세. 그렇지 않은가?"

"……."

우현의 은근한 질문에 북궁휘가 입을 굳게 다물었다.

현재 그에게 가장 중요한 문제!

당연히 북궁세가 내부에서 벌어진 부친의 살해범을 찾는 것이었다. 또한 북궁세가를 잠식한 대종교의 세력과 동조자들을 색출해서 뿌리 뽑는 것 역시 뒤로 미룰 순 없었다.

'큰형님! 아직도 저는 믿고 있지 않습니다! 하지만 만약 제가 들었던 그 믿고 싶지 않은 일들이 사실이라면, 결코 용서하지 않겠습니다! 절대로!'

현재 거의 완벽할 정도로 북궁세가를 장악한 대공자 북궁정을 떠올리며 북궁휘는 아랫입술을 꽈악 깨물었다. 부친 북궁한경의 싸늘하게 식어버린 주검을 결코 잊을 수 없었기 때문이다.

*   *   *

 촤악!

 물 한 바가지가 끼얹어지자 쇠사슬에 전신을 결박당한 채 늘어져 있던 여인이 가냘픈 몸을 한차례 꿈틀거렸다.

 지난 사흘간.

 여인은 단 한 모금의 물도 마시지 못했다. 얼굴을 타고 흘러내리는 몇 방울의 물을 결코 헛되이 포기할 순 없었다.

 할짝! 할짝!

 여인은 정신없이 자신의 입술 주변을 핥아댔다. 얼굴의 곡선을 따라 주르륵 흘러내리는 물방울 소리에 집중한 채 혀를 열심히 놀려댄다.

 삼단같이 흐트러진 머릿결.

 그것으로 절반쯤 가려진 섬세한 얼굴 사이로 절박함이 스쳐 가고 있다.

 생존.

 어떻게든 살아남기 위한 투쟁이다.

 그로 인한 절박함이다.

 "마음에 드는 근성이군. 썩 마음에 들어……."

 "……."

 여인은 느닷없이 귓전을 울린 중저음의 목소리에 흠칫 움직임을 멈췄다. 마혈을 점혈당하며 잃어버린 내공이 아닌 인

간 본연의 감각이 바짝 긴장한 것이다.

'물방울이 떨어져 내리고 있고, 벌레가 스멀스멀 기어다니고 있다. 그 외엔 어떤 것도 달라진 것이 없어……'

인간이라면 누구든 숨을 쉰다.

억지로 참지 않는 한 그러하다.

여인의 귀에는 지금 그 같은 소리가 전혀 들리지 않았다. 여태까지 그녀에게 종종 다가왔던 자들이 스스로의 존재감을 태연하게 드러냈던 것과는 다르다.

그녀의 심부로 의혹이 일지 않을 수 없다.

사락!

여인은 문득 고개를 옆으로 내저어 얼굴의 반면을 가리고 있던 머리를 옆으로 흘러내리게 만들었다.

한 점의 불빛.

그것이 여인의 얼굴을 비춘다. 그리 오래지 않은 때, 서패 북궁세가의 꽃이라 불렸던 청명뇌음도 북궁상아의 얼굴이 모습을 드러낸 것이었다.

그런데 그녀의 얼굴은 조금 달라져 있었다.

전날 무가의 여인답지 않은 맑은 기운을 가득 품고 있던 두 눈이 그러하다.

총기를 잃어버린 눈빛.

마치 자욱한 안개가 낀 듯하다.

문득 북궁상아의 앞에 모습을 드러낸 흑의사나이가 고개

를 흔드는 그녀의 앞에 쭈그려 앉았다. 그리고 얼굴을 가로지른 세 개의 기다란 상흔을 손가락으로 북북 긁으며 혼잣말하듯 중얼거렸다.

"내 모습이 전혀 보이지 않는 건가? 흠, 역시 그런 것 같군. 이렇게 가까이에 있는 내 모습조차 보지 못하는 걸 보면."

"누구죠?"

"나?"

"그래요! 당신은 누구죠?"

"……."

흑의사나이는 대답을 잠시 뒤로 미뤘다. 초점조차 잡히지 않은 두 눈으로 자신을 노려보고 있는 북궁상아의 표정이 꽤나 마음에 들었기 때문이다. 생각했던 것보다 더욱 예쁘다고도 생각했다.

그러나 그는 여인의 미모에 빠져서 대사를 그르치는 사람은 아니다. 그저 오랜만에 보는 중원의 미인에게 순수하게 감탄했을 뿐이다.

까닥!

고개를 살짝 옆으로 뉘인 채 북궁상아의 얼굴을 살핀 그가 결국 입술을 떼어냈다.

"나는 사우영. 앞으로 네게 마황십도 중 하나인 미녀살흔(美女殺痕)을 가르쳐 주고 생사여탈을 관장할 대사형이다."

"그, 그게 무슨……?"

"이런 것이지."

짤막한 대답과 함께 사우영이 손가락을 튕겼다.

따악!

평범한 소음. 그와 더불어 북궁상아를 옥죄고 있던 쇠사슬의 여기저기가 순식간에 불에 달궈진 듯 달아올랐다.

그것만으로 끝일 리 없다.

곧 타다다닥 하는 괴음이 일었고, 쇠사슬이 수십 개로 동강났다. 북궁상아의 몸이 자유를 찾게 되었음은 물론이다.

"아!"

북궁상아가 비록 시력을 잃었다곤 하나 무인의 감각은 여전했다. 눈으로 확인하지 못하는 현 상황에 대한 적응기 역시 나름대로 충분했다.

스륵!

북궁상아는 입으론 나직한 신음을 흘리면서도 재빨리 신형을 뒤로 뒤집었다. 여전히 공력이 묶여 있다곤 하나 자세가 안정되고 움직임이 빠르다.

그러나 바로 그때다.

신형을 뒤집은 것과 동시에 십자파쇄(十字破碎)의 자세로 자신을 방어하려던 북궁상아가 움찔 어깨를 떨었다. 언제 비명을 터뜨렸냐는 듯 굳게 다물어져 있던 입술 역시 가벼운 이지러짐을 보인다.

"생각보다 더욱 좋군. 이런 상황에서도 두려움에 쉽사리

굴복하지 않았으니 말야."

"도, 도대체 언제?"

"처음부터."

담담한 대답과 함께 사우영이 북궁상아의 견갑골을 누른 손끝에서 힘을 빼냈다.

파곽!

그 순간 조금의 망설임도 없이 북궁상아의 양손이 채 마무리되지 않았던 십자파쇄를 펼쳐 보였다.

십자형.

순간적으로 교차를 이룬 양손이 번개같이 사우영의 목젖 어림을 쥐어뜯어 갔다. 경력이 담겨져 있지 않다 하나 타점이 정확하게 집중되었다. 능히 사람의 목뼈를 단숨에 부러뜨릴 정도의 위력이다.

슥!

사우영은 그저 목을 뒤로 눕히는 것만으로 북궁상아의 십자파쇄를 피해냈다.

지나칠 정도로 간단한 파훼다.

그와 함께 그의 발이 움직였다. 십자파쇄에 집중하느라 방어가 소홀해진 북궁상아의 아랫배가 목표다.

퍽!

"아악!"

북궁상아는 더 이상 입을 다물고 있을 수 없었다. 입을 있

는 힘껏 벌렸다. 일시 내장이 꼬이고 뒤틀리는 고통에 비명이 절로 터져 나왔다.

털썩!

바닥에 엎어진 북궁상아를 사우영이 냉정한 시선으로 내려다봤다.

"시력을 잃어버린 상황. 그리고 미지의 적을 만났음에도 굴복하지 않는 마음은 높이 산다. 그러나 본래 실력이 뒷받침되지 않은 용기는 만용에 다름 아닌 법. 그것이 대사형으로서의 내 첫 번째 가르침이다."

"우웩! 우웨에에에엑……."

북궁상아는 대답하지 않았다. 아니, 못했다. 그녀는 간신히 목을 축였던 물방울보다 더 많은 양의 토사물을 바닥에 연신 게워내고 있었다. 그럴 수밖에 없었다.

비각.

산더미같이 쌓여 있는 서류를 앞에 두고 연신 수결(手決)에 여념이 없던 유성월이 흠칫 어깨를 떨어 보였다.

오싹한 느낌.

무공상의 기감으로 확인한 게 아니다.

육감이란 표현이 옳을 터다. 수없이 많은 생사의 간극을 넘으며 체득한 생존 본능이었다.

슥!

유성월은 서류 쪽에 여전히 시선을 던진 채 책상 아래쪽으로 손을 뻗었다. 비각의 전 기관을 작동시키는 끈을 먼저 수중에 넣기 위함이었다.

 "문사(文邪), 나는 일이 귀찮아지는 게 딱 질색이야."

 '문사?'

 유성월은 막 손가락 끝에 걸려들려던 끈으로부터 손을 떼어냈다.

 여전히 서류를 향하고 있던 고개 역시 치켜든다.

 "소존주님!"

 얼른 자리에서 일어서 부복하는 유성월을 향해 사우영이 미미하게 고개를 끄덕여 보였다.

 툭!

 너른 어깨 위에 걸쳐 놨던 북궁상아 역시 바닥에 내려놓는다. 미동조차 없는 걸로 봐서 이미 정신 줄을 완전히 놓아버린 것 같다.

 힐끔.

 북궁상아 쪽에 시선을 던진 유성월이 우려 섞인 표정으로 말했다.

 "계집이긴 하나 북궁가의 피를 이어받은 아입니다. 감히 어찌하시려는 건지 물어봐도 되겠습니까?"

 "미녀살혼을 전수할 거야. 마침 시력을 잃어버려서 적당하거든."

"그건 그렇지만 마황십도를 전수받으려면 반드시 존주님의 허락이 있어야 하는데……."

"괜찮아. 대막의 파단고림사한(巴丹古林沙漠)을 떠나며 사부님께 중원 쪽의 전권을 위임받았으니까."

"아!"

유성월이 청수한 얼굴 한 켠에 가벼운 놀람의 기색을 담았다.

그럴 수밖에 없다. 사우영이 한 말의 의미가 실로 엄중함을 알 수 있었기 때문이다.

당사자인 사우영의 태도는 그다지 달라진 게 없다. 그는 입가에 흐릿한 미소 하나를 만들어낼 뿐이다.

"어차피 사부님은 사조이신 절대마존께서 남기신 유진에 마음이 홀리신 분. 중원에 다시 본 교의 깃발을 휘날리는 일 따위엔 관심조차 두지 않고 계실 거야. 그렇지 않았다면 석년, 본 교의 배신자인 구천마제 위극양이 무림을 완전히 뒤집어 버렸을 당시에 침묵하셨을 리 없으니까 말야. 그렇지 않나?"

"그야……."

"뭐, 괜찮아. 어차피 나는 사부님의 도움 없이 중원을 도모해 볼 작정이니까. 그래서 말인데… 각성된 마신흉갑은 내가 얻어야만 하겠어. 앞으로도 문사의 도움이 꽤나 많이 필요해질 거란 뜻이야."

'역시 소존주는 야심이 많은 사람이구나. 전날 위극양에 못지않을 정도야. 하지만 그 역시 존주님의 묵인하에 벌이시는 일. 일단은 소존주의 뒤를 따르기로 한다.'

내심 마음을 굳힌 유성월이 슬쩍 고개를 숙여 보였다. 사우영이 한 말에 대한 가장 확실한 대답이었다.

* * *

소금주는 잔뜩 골이 나 있었다.

통통하니 부어올라 있는 두 볼이 당장이라도 터질 것 같다.

부르르!

조그마한 두 주먹을 수시로 떨어대고 있는 것만 봐도 알 수 있다. 그녀의 시선은 자신의 앞을 가로막고 서 있는 무심한 안색의 세 노인을 향하고 있었다.

'쯔쯧, 역시 여아는 어쩔 수 없는 것인가? 어찌 그리 총명절륜하던 총순찰이 저리되었더란 말인고?'

'에구구, 저러다가 두 볼이 터지겠네! 터지겠어! 귀왕은 어쩌려고 총순찰을 저리 골이 나게 만들었을까?'

'크흠, 아무래도 오늘은 그냥 넘어가지 않을 것 같구만. 슬슬 귀왕의 와병 핑계도 약발이 다된 것 같고 말야.'

소금주의 앞을 가로막고 있는 삼로(三老).

바로 강북 하오문 내에 몇 안 되는 절정고수인 냉면삼마다.

그들은 본래 몇 년 전 비공식적으로 은거에 들어갔으나 근래 들어 귀왕 소연명의 호위로 복귀했다. 정식으로 금분세수를 하지 않은 점을 약점 잡힌 때문이었다.

어쨌거나 그들은 강북 하오문의 총순찰이자 지낭인 소금주를 아주 어린 시절부터 보아왔다. 그녀의 총기와 넘치는 장난기, 지독하게 소심하고 뒤끝 확실히 나쁜 성격을 누구보다 잘 알고 있는 것이다.

당연히 그녀의 살기 어린 눈초리를 그들은 계속 피해댔다. 어떻게든 눈을 마주치지 않기 위해 최선을 다했다. 그게 그들이 지금 할 수 있는 일의 전부였다.

그때 갑자기 냉면삼마를 잡아먹을 듯 향하고 있던 소금주의 시선이 그들의 어깨 너머로 향했다. 냉면삼마를 방호벽 삼아 지난 한 달간 서안의 모처에 마련된 하오문의 안가에서 푸욱 쉰 소연명이 모습을 드러낸 때문이다.

방금 전까지 낮잠이라도 한판 거하게 때렸는가?

귀면탈을 쓴 소연명의 두 눈은 살짝 충혈되어 있었다. 안가를 나서며 늘어지게 기지개까지 켜고 있다.

소금주의 입술이 단박에 비죽 튀어나왔다.

"사부님, 내상이 극심하셨다면서요?"

"내상?"

"예, 너무너무 내상이 극심하셔서 하나밖에 없는 귀여운 제자마저 보실 수 없다고 전해 들었거든요, 여태까지. 저 세

분 어르신한테 말이죠!"

 뒷말에 이르러 목소리를 슬쩍 높인 소금주가 냉면삼마를 다시 노려봤다. 싸늘함을 넘어 살벌하기까지 한 시선이다.

 사삭! 삭!

 냉면삼마가 또다시 시선을 옆으로 돌려댔음은 물론이다. 그에 더해 그들은 소연명의 뒤로 재빨리 물러서기까지 했다. 이제 자신들의 임무는 끝이 났음을 분명히 한 것이다.

 '허! 금주, 요 녀석이 그동안 얼마나 갈궈댔으면 천하의 냉면삼마가 이리됐을꼬?'

 내심 혀를 찬 소연명이 소금주를 바라보며 가볍게 너털웃음을 터뜨렸다.

 "허허, 금주야! 내 귀여운 제자야! 도대체 무엇 때문에 이리 골이 난 것이냐?"

 "내상은 완치되신 것이겠죠?"

 "그게… 이 사부도 나이가 들어서인지 이젠 몸이 예전 같지 않구나. 그동안 열심히 정양을 했지만 아직도 여기저기 결리고 쑤시는 것이……."

 "그럼, 계속 정양하세요. 금주는 사부님의 평안무사하심을 확인했으니 이제 그만 하직 인사를 하겠어요."

 "엉? 하, 하직 인사라니, 그게 무슨 소리냐?"

 "금주도 이제 슬슬 시집을 갈 나이잖아요. 지금 이 순간부로 총순찰 직 때려치고 운검 가가를 찾아 나설 작정이에요.

그럼 보중하세요."

"……."

소금주는 일시 말문이 막힌 소연명에게 대례를 올리더니 곧바로 신형을 돌려세웠다. 여태까지와 달리 그냥 떼를 쓰는 게 아니라 진짜 작별 인사를 올린 것이다.

스슥!

소연명이 언제 몸 여기저기가 쑤시고 결렸냐는 듯 바람같이 신형을 날려 소금주의 앞을 가로막아 섰다. 두 팔 역시 활짝 편 채다.

"금주, 이 녀석아! 어찌 무정하게 이 늙고 병든 사부를 버려두고 가려는 것이냐? 너, 그러면 못쓴다!"

"늙고 병든 사부요?"

소금주가 이리저리 주변을 둘러봤다. 단연코 눈앞에 서 있는 소연명 쪽은 시선 한 번 던지지 않는다.

실룩!

귀면탈 안쪽에 위치한 소연명의 볼살에 경련이 왔다. 소금주의 단호하고 천연덕스런 행동에 마음이 살짝 상한다.

"정말로 너 그 녀석한테 시집을 가려는 것이냐?"

"물론이죠!"

"하지만 그 녀석한테는 문제가 많던데?"

"문제가 있으면 고치면 되죠. 금주는 그런 거 정말 잘해요."

"지나치게 자신만만한 거 아니냐?"
"사부님한테 그리 가르침을 받고 자랐는걸요 뭐."
"체헷!"
소연명이 못마땅함이 가득 담긴 헛기침과 함께 벌리고 있던 두 팔을 내렸다. 퉁명스런 목소리가 뒤를 따른다.
"냉면삼마와 함께 가거라. 이 사부는 서안에 벌여놓은 일이 많아서 따라나설 수 없으니까."
뒤에서 사제 간의 말다툼을 흥미진진하게 구경하고 있던 냉면삼마가 대경했다.
"귀왕!"
"이건 약속이 다르잖소!"
"이런 식으로 나오면 다시 은거지로 돌아가겠소!"
소연명이 여전한 목소리로 말했다.
"그러시던가. 하지만 암영삼살은 금주를 호위하다가 한꺼번에 목숨을 잃었소. 자신들의 임무를 끝까지 완수하지 못한 것이지. 냉면삼마, 당신들은 제자들이 이대로 불명예를 짊어지게 내버려 둘 작정이오?"
냉면삼마의 얼굴이 대번에 일그러졌다. 하오문의 세계에서 임무를 완수하지 못한 자는 죽어서까지 불명예를 짊어져야만 한다. 그 점을 소연명이 언급한 것이다.
"크윽! 이런 야비한!"
"모리배!"

"협잡꾼!"

냉면삼마가 마구 욕설을 내뱉자 소연명은 어깨를 한차례 으쓱해 보이곤 태연히 말했다.

"거기에 더해 나는 소인배이기도 하지. 뒤끝도 확실히 안 좋은 편이고 말야. 그러니까 냉면삼마, 당신들은 이제부터 내 귀여운 제자 금주의 호위를 충실히 맡아야단 해. 그래서 제자들의 불명예를 깨끗이 씻으라구."

"……."

냉면삼마가 결국 입을 굳게 다물었다. 아니꼽고 더러웠지만 소연명이 한 말은 결코 틀린 것이 없었다. 소금주를 호위할 수밖에 없게 된 것이다.

소금주가 내심 고개를 가볍게 흔들었다.

'에휴, 나는 아직도 멀었다! 사부님의 이 추잡한 용인술(用人術)은 하오문 역사에 길이 남을 정도야! 그런데 사부님은 서안에 무슨 일이 남은 걸까? 설마 아직도 북궁세가와 관련된 일에 발을 담그고 계신 건 아닐 테지?'

강호의 밑바닥.

그곳이야말로 하오문도들의 대지였다.

당연히 천하사패라거나 구대문파와 같이 명문대파가 관련된 일에는 결코 나서지 않아야만 했다. 자칫 잘못하면 고래 싸움에 새우 등이 터질 수가 있었기 때문이다.

소금주는 그 점을 누구보다 잘 알기에 사부 소연명을 잠

시 어두운 시선으로 바라봤다. 근래 들어 소연명이 지나칠 정도로 정파무림과 밀접한 관계를 맺고 있다는 생각이 들어서다.

그러나 그녀는 소연명을 믿었다. 강북 하오문의 끈끈한 저력 역시 마찬가지다.

흔들.

고개를 흔들어 자신의 뇌리 속에 떠오른 불길한 상념을 지워 버린 소금주가 냉면삼마를 향해 배시시 웃어 보였다.

"삼마 어르신, 앞으로 잘 부탁해요!"

"끄응!"

"으음!"

"크흠!"

냉면삼마의 입에서 앓는 소리가 흘러나왔다.

지난 한 달.

자신들을 계속 죽일 듯 노려보고 갈궈대던 소금주의 급변한 모습에 살짝 소름이 돋았다. 말년에 그들에게 고생문이 훤하게 열렸음은 두말하면 잔소리일 터였다.

잠시 후.

서안에 위치한 강북 하오문의 안가를 벗어난 소금주와 냉면삼마가 뒤도 돌아보지 않고 서안성을 떠났다. 그동안 소금주가 서안 일대의 하오문도들을 쥐 잡듯 잡아서 알아낸 정보

를 토대로 운검의 뒤를 쫓기 시작한 것이었다.
'운검 가가, 기다려요! 금주가 곧 가요!'
소금주는 입술을 앙다문 채 두 눈을 빛냈다.

第四十二章

천하제일(天下第一)
구대문파가 아니라, 모든 문파들의 으뜸을 원하다

華山劍宗

화산.

서안을 떠나 수개월 만에 옥천궁을 눈앞에 둔 곽철원의 얼굴은 잔뜩 흐려져 있었다.

'사부님께서는 결코 나를 용서하지 않으실 것이다. 하지만 화산파의 힘이 없이는 행방불명된 운검 사숙님을 찾긴 요원할 것이니······.'

비무초친의 변, 당시 곽철원은 혼란에 빠진 섬서무림인들에 휩싸여 북궁세가를 빠져나왔다. 비무대를 완전히 날려 버린 폭발에 휩싸인 채 모습을 감춘 운검의 뒤를 어떻게든 쫓기 위해서 최선을 다했다.

하지만 그는 우왕좌왕하는 무림인들 사이에 휩싸여서 곧 운검의 자취를 완벽하게 놓쳐 버렸다. 애초에 화산파에 추종술(追從術) 부류의 공부가 없었던 만큼 어쩌면 당연한 결과일지도 모르겠다.

그때 곽철원에게 다가온 인물들이 있었다.

비무초친의 참관인 자격으로 모였던 구대문파와 개방의 고인들이었다.

그들은 혼란 속에서도 용케 곽철원이 화산파 정종의 무학을 연마했음을 알아보고 접근했다. 위엄있는 표정과 부드러우면서도 항거키 어려운 목소리로 곽철원에게 운검과의 관계를 캐물은 것이다.

특히 구정회의 기인이사들과 더불어 군웅들의 탈출을 주도한 소림사의 장경각주인 법혜 선사의 압박은 대단했다.

그는 슬그머니 곽철원에게 구대문파 간의 끈끈한 동맹 관계를 강변한 후 운검에게 대사를 위임받은 점을 내비쳤다. 한마디로 자신을 믿고 모든 걸 토설하란 뜻이었다.

하물며 당시 그의 좌우엔 무당파의 진무각주인 태청 진인과 종남파의 육대장로 중 한 명인 육지수사 이결이 서 있었고, 개방의 전공장로인 팔비신타 용호개는 뒤에 서서 침을 탁탁 뱉어대고 있었다.

곽철원으로선 저항하기가 수월할 리 만무한 터.

하지만 운검과 화산파의 관계는 꽤나 추잡한 부분이 있었

다. 그것도 그 같은 부분의 대부분은 현 화산파의 장문인인 곽철원의 사부 운양 진인과 관계된 것이었다. 특히 자하구벽검에 관한 사항은 타파의 인물에게 언급해선 안 되는 사항이었다.

질문이 거듭되는 새 곽철원은 입을 굳게 다물었고, 법혜 선사 등은 곧 그의 심사를 눈치 챘다. 그에게 더 이상 얻어낼 게 없다는 것을 깨달은 것이다.

그러나 상상을 초월할 정도의 무위를 보인 운검에 관해 아는 걸 포기할 마음 또한 없었다. 그가 고대마교의 유물인 마신흉갑과 함께 모습을 감췄다는 점 역시 간과할 수 없는 일이었고 말이다.

잠시의 고심 끝에 법혜 선사가 곽철원에게 한 통의 서신을 써주었다. 장문인인 운양 진인에게 보내는 일종의 권고서였다. 북궁세가에서 운검이 벌인 활약상과 위기 상황을 첨부한.

흔들.

곽철원은 머리를 한차례 저어서 잠시 머물렀던 상념을 지워 버렸다.

그의 눈앞.

수십 년간을 함께해 왔던 화산의 웅혼한 산봉들이 펼쳐져 있었다. 그곳의 정기를 받으며 화산지학을 연마해 온 곽철원인만큼 이런 곳에서 한숨이나 내쉬고 있을 까닭이 없었다.

쾅!

운양 진인은 자신도 모르게 발을 한차례 굴렸다.

그러자 그가 딛고 서 있던 청석 바닥이 일시 인 진각을 견디지 못하고 산산조각났다. 박살나 버렸다.

특이한 사항이 있다.

발을 구른 건 고작해야 청석 하나 정도의 범위일진대, 부근에 있던 네 개의 청석 역시 박살난 것이다.

놀란 표정이 된 운유 도장 옆에 묵묵히 서 있던 곽철원의 두 눈에 가벼운 이채가 스쳐 갔다.

'사부님께서 결국 자하신공을 대성하셨구나!'

자하신공.

보통 신공 계열의 내가공부가 그러하듯 십성에 이르면 대성했다고 한다. 세상에서 회자되는 십이성이란 일종의 초월적인 경지에 들어서는 벽을 뛰어넘었다는 인증이라 할 수 있었다.

그러니 현재 운양 진인이 내보인 자하신공의 경지는 십성 수준이었다. 과거 운검이 완성했던 십이성과는 차이가 나지만 대성이라 불리기에 부족함이 없었다.

운유 도장이 감격 어린 표정으로 말했다.

"장문 사형, 감축드립니다! 언제 자하신공을 대성하신 겁니까?"

"며칠 됐네."

"그렇군요! 경사입니다! 본 파의 경사!"

"고맙네. 그런데 운유 사제, 잠시만 물러가 있어주겠는가?"

"아!"

진심으로 기뻐하던 운유 도장이 얼굴 표정을 굳혔다. 곽철원이 행방불명되었다는 사실을 전해 듣고 이곳 화악선거에 틀어박혀 버린 운양 진인의 모습을 떠올린 까닭이다.

'장문 사형은 진심으로 철원이를 아끼셨다. 운검 사제를 눈엣가시처럼 여겼던 것도 철원이의 앞을 가로막을 것을 염려한 때문이었어. 그런 제자에게 배신을 당하셨으니……'

내심 중얼거린 운유 도장이 슬쩍 허리를 숙여 보였다. 화천단의 도움 없이 자하신공을 대성한 장문인에 대한 경애심의 표현이었다.

운유 도장이 화악선거를 빠져나가자 운양 진인이 냉담한 표정으로 곽철원을 바라봤다. 이미 얼굴 가득 머물러 있던 노기 따윈 사라진 지 오래다.

"어찌 된 것이더냐?"

"사부님, 자하신공의 대성을 진심으로 축하드립니다! 아직 화천단은 완성하지 못하신 줄로 아는데……."

"못했지. 아직도 최소한 오 년간은 연단을 계속해야만 완성될 것이다. 이젠 그것도 그만둘까 생각 중이었지만."

"……"

운양 진인이 나직한 중얼거림과 함께 문득 하늘을 올려다 봤다. 입가엔 어느새 흐릿한 미소 하나가 담겨져 있다.

허탈함과 공허!

약간의 비분이 담겨진 그의 시선이 한동안 옥천궁의 하늘을 떠다녔다. 그리고 흘러나온 질문.

"다시 묻겠다. 어찌 된 것이더냐?"

"먼저 사부님께 용서를 구하겠습니다!"

"용서를 구해?"

운양 진인의 반문이 흘러나온 것과 동시다. 곽철원이 털썩 엎드린 채 머리를 바닥에 고두(叩頭)했다. 그리고 애끓는 목소리로 다시 말한다.

"사부님, 제자가 삿된 길로 들어섰습니다! 사부님을 속이고 사문을 욕되게 했습니다! 천 번 죽어 마땅한 죄를 저질렀으니, 부디 용서하지 마십시오!"

"놈! 네가 나를 다시 능멸하는 것이냐? 처음엔 용서를 구하기 위해 왔다더니, 이젠 용서하지 말라니!"

"어찌 감히 제자가 사부님을 능멸하겠습니까? 제자가 잘못이 심히 중대하여 먼저 용서를 구한 후 사부님의 심판을 받아야만 마땅하다 생각했을 뿐입니다!"

"허!"

운양 진인이 혀를 나직이 찼다.

눈앞에 엎드린 곽철원.

용서를 구하되, 용서할 것을 원치 않는 매화칠검수의 수좌는 그가 가장 사랑했던 제자였다. 후일 관건의 예를 치르기만 하면 화산파 장문인의 자리를 물려주려고까지 마음먹었었다.

그런데 그런 제자가 배신했다.

철저하게 자신을 속이고, 화산파의 지보인 자하구벽검의 검결을 가지고 무적곽가로 달아났다. 어찌 분노가 치밀고 증오스럽지 않을 것인가.

부들!

운양 진인의 수장에는 어느새 죽엽수가 운기되고 있었다.

십성 대성한 자하신공의 내공진기!

이제 한차례 손을 떨쳐 내기만 하면 곽철원의 머리는 두부처럼 박살날 터였다. 사문을 배반한 제자에 대한 징벌로써 지극히 합당하다.

'하지만 이 녀석은 남패 무적곽가의 자손이다. 만약 이 녀석의 죽음을 남방검제 곽무령이 문제 삼는다면, 곤란하다! 곤란해······.'

거짓말이다.

운양 진인은 단지 자신이 심혈을 기울여서 키워낸 제자에 대한 아쉬움 때문에 손을 쓰지 못했다. 결코 무적곽가의 세력이나 남방검제 곽무령의 무위가 두려워서가 아니었다. 만약 그렇지 않았다면 지금 이리 눈시울이 뜨겁게 달아오르진 않

왔을 터다.

"후우우!"

문득 깊은 한숨이 운양 진인의 입 새로 흘러나왔다. 운기하고 있던 죽엽수의 공력 역시 순식간에 자취를 감춰 버렸다. 마음속에서 갈등이 사라진 것과 동시의 일이다.

'사부님……'

곽철원이 여전히 고두를 한 채 두 눈 가득 눈물을 쏟아내었다.

일순간 사부 운양 진인이 느낀 갈등.

이미 무공이 절정을 바라보고 있는 그가 못 느꼈을 리 없다. 그는 죽음까지도 각오하고 있었다. 그게 마땅하다 생각했기 때문이다.

그러나 운양 진인은 결국 공력을 거둬들였다.

단죄를 뒤로 미뤘다.

곽철원의 얘기를 듣고자 한 것이었다.

"어찌 된 것이더냐?"

세 번째로 듣는 질문이었다. 이제 곽철원으로선 대답하지 않을 도리가 없었다. 그것이 설혹 운검과 그의 검종을 배신하는 것이 될지라도 말이다.

"사부님, 제자는 전날 운검 사숙에게 자하구벽검의 검결을 전수받았습니다!"

"그리고?"

"그리고 사부님과 사문을 배신하고서 그 검결을 아버님께 바치려고 했습니다!"

"……."

짐작했던 대로의 대답.

가슴을 찌르는 비수와 같은 제자 곽철원의 고백에 운양 진인이 두 눈을 질끈 감았다. 일시 숨이 막혀와 침묵을 지킬 수밖에 없었다.

그러나 곽철원의 고백은 그것만으로 끝이 아니었다.

그는 그 후 부친 곽무령의 꾸짖음을 듣고 무적곽가를 나선 후 겪은 일들을 하나도 빠짐없이 늘어놨다. 철저하게 자신의 의견을 배제한 건 사부 운양 진인이 내리는 판단을 존중하기 위함이었다.

잠시 후.

어렵사리 모든 얘기를 끝낸 곽철원이 품속에서 서신을 꺼내 여전히 눈을 감고 있는 운양 진인에게 바쳤다. 법혜 선사의 권고서였다.

운양 진인이 그제야 눈을 떴다.

"이건?"

"소림사의 장경각주인 법혜 선사님께서 사부님께 보낸 서신입니다."

"……."

곽철원에게서 서신을 받아 바로 펼쳐 본 운양 진인의 노안이 가볍게 흔들렸다.

곽철원의 통렬한 고백.

미심쩍은 부분이 꽤나 많았다. 특히 운검이 무위를 완전히 회복한 거라던가 북궁세가에서 벌어진 일련의 사건들은 무림 전체로 봐서도 파장이 큰 문제였다. 쉽사리 수긍하긴 어려웠다.

그러나 곽철원에게서 받아 든 서신 안에는 그의 고백과 거의 유사한 내용이 적혀져 있었다.

특히 사제 운검에 대한 기술 부분은 서로 바라본 위치나 연배가 다름에도 대동소이할 정도로 유사했다. 더 이상 그가 무공을 완전히 회복했음에 의심의 여지란 존재하지 않았다.

'진정 막내 사제가 무공을 완전히 회복했단 말인가! 화산파의 이름을 내걸고 섬서무림인들을 북궁세가에서 구출해 냈고!'

운양 진인은 가슴이 뛰는 걸 느꼈다.

한때.

사부이자 전대 화산파의 장문인이었던 현명 진인이 느꼈던 두근거림과 유사한 종류의 것이었다.

―천하제일(天下第一)!

단순한 구대문파의 수좌 정도가 아니다. 천하에 존재하는 모든 문파들 중 으뜸이었다. 이제 고작해야 이십대 중반인 운검이 과거의 무위를 되찾았다면 능히 꿈꿔볼 수 있는 위치였다. 절대로 불가능한 일은 아니었다.

하물며 운검은 곽철원에게 자하구벽검을 전수하기까지 했다.

과거의 은원을 깨끗하게 잊어버렸다고 보는 게 옳다.

분명 그랬다.

게다가 또 한 가지가 있다. 운양 진인은 곽철원의 배신을 전해 듣고 충격으로 화악선거에 칩거해 있는 동안 과거의 편협했던 자신을 크게 반성했다. 막내 사제인 운검에게 가졌던 열등감과 피해 의식을 거진 씻어낸 것이다. 덕분에 구성에서 정체되어 있던 자하신공을 대성할 수 있었다.

또다시 시선을 하늘 쪽으로 던진 운양 진인이 가슴속의 홍분을 가라앉히고 곽철원에게 말했다.

"철원아, 너는 사부를 기망하고 사문을 배신하는 대죄를 지었느니라."

"제자, 진실로 죄 받기를 청합니다!"

"그래, 죄를 범했으면 벌을 받는 게 옳다. 하지만 지금은 비상 시기이니, 네게 내릴 벌을 잠시 유예하도록 하겠느니라. 그러니 너는 다시 매화칠검수와 더불어 무림으로 나가도록 하거라."

"운검 사숙님을 찾기 위함인지요?"
"그렇다. 그리고……."
잠시 말끝을 흐리고 하늘에서 시선을 떼어낸 운양 진인이 곽철원을 지그시 바라보며 말을 이었다.
"…운검 사제. 그에게 이 사부가 정말 미안해하더라고 전하거라. 그러니 부디 화산으로 돌아오라 하더라고 말이다."
"제자, 명심하겠습니다!"
곽철원이 대답과 함께 다시 머리를 바닥에 갖다 댔다.

*   *   *

괴산(壞山).
서안에서 족히 이백 리가량 떨어진 곳에 위치한 이 산의 모양은 지극히 볼품이 없었다.
더할 나위 없이 이름에 어울리는 모습이랄까?
괴산의 한쪽 면은 흉하게 움푹 패어진 채 조금씩 허물어져 가고 있었다. 큰비라도 한 번 내리면 주변의 들판에 산사태라도 일어날 것 같다.
그래서인지 괴산에는 동굴도 제법 많았다.
대부분 당장이라도 허물어질 듯 위태위태한 구조이나 개중에는 제법 그럴듯한 규모의 것도 있었다. 산을 이루고 있는

풍부한 석회암층이 준 선물이었다.

"아얏!"
모닥불이 피워진 동굴 안쪽.
한 켠에 반듯하게 눕혀져 있는 운검의 곁에 쭈그려 앉아 바느질을 하고 있던 진영언은 살짝 눈매를 찌푸려 보였다.
그녀의 하얀 손가락 끝.
어느새 살짝 달아오르더니, 곧 붉은 핏방울 몇 개가 점점이 번져 나온다.
어려서부터 줄곧 무공 수련만을 해온 녹림의 여장부가 보통 여염집 여인들같이 바느질 같은 걸 해봤을 리 없다. 서툰 솜씨로 바늘을 놀리던 중 손가락을 찔려 버렸다.
얼른 손가락에 입술을 가져다 댄 진영언의 시선이 슬쩍 운검 쪽을 향한다. 그가 자신이 터뜨린 비명을 들었을까 봐 신경이 쓰이는 것이다.
괜한 걱정이었다.
운검은 여전히 가슴을 들썩이며 혼곤한 잠 속에 빠져 있었다. 웬간한 일이 없는 한 잠에서 깰 것 같진 않다.
'휴우, 깨지 않았구나! 깨지 않았어……'
진영언은 내심 가슴을 쓸어내렸다. 안도의 한숨이 절로 입 밖으로 흘러나온다. 운검이 잠에서 깨지 않은 것이 무척 다행스러웠다.

사르락!

그때 그녀의 손에 쥐어져 있던 바느질 감이 흘러내렸다.

적의장포.

운검이 마신흉갑을 덮어쓰기 전에 유연서에게서 받아서 입고 있던 것과 동일한 재질의 장포다. 진영언이 지금 입고 있는 몸매가 그대로 드러나는 무복과 동일한 색깔이기도 하다.

물론 비슷한 점은 거기까지만이다.

유연서가 운검에게 건넨 장포와 달리 진영언이 바느질하고 있는 건 모양이 조금 다르다. 운검의 몸에 잘 맞을지도 조금은 의심스럽다. 정확하게 치수를 재지 않고 대충 눈대중으로 만든 것이기 때문이다.

진영언이 잠시 운검 쪽을 더 살피다가 다시 적의장포를 집어 들었다. 하던 바느질을 마저 끝내기 위함이었다.

그런데 그때다.

"커헉!"

얌전히 누워 있던 운검의 입에서 갑자기 격한 비명이 터져 나왔다.

뿐만 아니다.

그는 비명과 동시에 누워 있던 바닥에서 거진 한 자 가까이 튕겨져 올랐다. 몸 전체로 비명에 동조를 브인 것 같다. 발작이라 함이 옳다.

움찔!

진영언은 다시 바늘에 손가락이 찔릴 뻔했다.

그만큼 놀랐다.

다만 그녀는 운검과 재회한 후 이 같은 발작을 몇 차례나 경험한 바 있었다. 처음처럼 대경해서 혼절할 지경에까지 이르진 않았다. 그 정도로 바보는 아니었다.

스슥!

진영언은 누운 채로 바닥을 풀쩍거리고 있는 운검에게 바람같이 파고들었다.

어느새 곧추세워진 손가락!

그녀는 손가락 끝에 경력을 담고서 운검의 혼혈을 노렸다. 그를 기절시켜서 잠시나마 평온을 유지시키려는 의도였다. 그러기 위해 최선을 다했다.

'이번에는 성공할 테다, 반드시!'

진영언의 두 눈이 새파란 빛을 발했다. 일시 전신의 내력을 일제히 방출시켰기 때문이다.

당연히 진영언의 손가락 끝에는 지강(指罡)에 가까운 강력한 기운이 담겨져 있었다.

능히 한 자 두께의 철판이라 해도 꿰뚫을 정도의 위력!

단순히 혼혈을 점혈해 의식을 잃게 만들려는 것이라면 지나치다. 누구라도 그리 생각할 정도의 강수였다.

그러나 그녀가 막 마구 발작하고 있는 운검의 곁에 이르렀

을 때였다. 그리고 혼혈을 향해 막 전력을 다한 지력을 발출해 내기 직전이었다.

파창!

느닷없이 바닥에서 튕겨지기를 반복하고 있던 운검의 전신에서 붉은색의 전광이 일어났다.

기파?

그보다 더욱 강대한 기운, 반탄기막이다.

"악!"

진영언이 외마디 비명과 함께 운검에게 다가설 때보다 빠른 속도로 튕겨 날아갔다. 절정고수인 그녀가 전력을 다했음에도 운검의 곁에 다가서지도 못하고 반탄되어 버린 것이다.

그것만으로 끝일 리 없다.

비참할 정도의 자세로 반대편 동굴 벽에 처박힌 진영언이 보는 앞에서 벌떡 일어선 운검이 번개같이 신형을 날렸다. 어느덧 붉은 석양으로 물든 산등성이로 무턱대고 달려나갔다. 진영언을 놔둔 채로.

흠칫!

위소소는 황룡고검을 의지한 채 잠들었다가 귓전을 울리는 비명성에 놀라 얼른 자리에서 일어섰다.

그녀가 있는 곳.

운검과 진영언이 자리 잡은 동굴과 삼십여 장 정도 떨어진

곳에 위치한 고송림이다. 그녀는 북궁세가에서부터 진영언의 뒤를 몰래 따라붙어 이곳까지 온 것이었다.

'또 시작한 건가?'

위소소는 청백한 옥용을 살짝 찌푸려 보였다.

경공의 고수인 진영언의 뒤를 몰래 쫓아온 직후부터 그녀는 제대로 잠을 청해본 적이 없었다. 언제 그녀가 이동할지 당최 감을 잡을 수 없었기 때문이다.

게다가 진영언에 의해 발견된 운검은 더욱 큰 문제였다.

발견 당시 얌전히 잠들어 있던 그는 툭하면 지금처럼 비명을 터뜨리며 발광을 해대곤 했다. 아마 고대마교의 유물인 마신흉갑의 마기가 주는 고통이 그 원인일 터다. 그 외엔 북궁세가에서 놀라운 신위를 보였던 그가 지금 이런 비참한 꼴을 보일 까닭이 전혀 없었다.

운검을 아직 제대로 파악치 못한 위소소로선 고민이 되지 않을 수 없는 대목이다. 당장 발광하는 운검을 제압하고 싶은 심정과 마신흉갑의 마기를 어찌 감당할지를 지켜보자는 마음이 계속 충돌을 일으키고 있었다.

지금도 마찬가지다.

굳이 내공을 움직여 기감을 확장시킬 필요도 없다.

위소소는 자신의 청각을 자극하며 파고드는 괴성에 잠시 고심 어린 표정을 지어 보였다. 오늘도 다른 때와 마찬가지다. 그녀는 여전히 마음의 결정을 내리지 못하고 있었다.

천하제일(天下第一) 59

"후우! 그래도 일단은 가봐야겠지? 이대로 그냥 놔둘 순 없으니까……."

목소리 속에 담긴 묘한 흔들림.

착!

어느새 황룡고검을 낚아챈 위소소의 신형이 한줄기 그림자가 되어 움직임을 보였다.

은행마영.

살왕 포진의 희세마학이 다시금 펼쳐진 것이었다.

"우악! 우아아아악!"

운검은 괴산의 이곳저곳을 뛰어다니며 계속 비명을 질러 댔다. 마구 미쳐 날뛰어댔다.

고통.

처음으로 마신흉갑에 사로잡혔을 때부터 계속이다.

그의 상반신 전체를 옥죈 마신흉갑.

쉬지도 않고 계속 혈도를 공격해 댄다.

수백 개가 넘게 튀어나온 강침으로 체내의 혈류를 제멋대로 조절하고 진기의 흐름을 기묘하게 뒤틀어놓는다.

그로 인해 상상을 초월할 정도의 고통이 뒤따랐다. 시간이 갈수록 더욱 심화될 뿐 결코 줄어들지 않는 고통이다.

운검은 그에 저항했다.

당연한 일이다.

그는 대종사에 가까운 무공상의 깨달음을 얻었을뿐더러, 심장에 박혀 있는 마정으로 인해 극심한 고통을 지속적으로 받아왔다. 이 정도의 고통에 자신을 완전히 놓아버릴 리 만무하다. 곧 육체의 고통을 정신이 조절하는 것에 도달할 수 있었다.

하지만 마신흉갑이 달리 고대마교의 유물이라 불리는 게 아니다.

운검의 정신이 육체의 고통에 저항하면 할수록 마신흉갑은 더욱 흉포해졌다. 점점 더 극심한 고통을 줬고, 혈류와 진기의 움직임은 폭풍처럼 변해갔다. 어떠한 종류의 이해나 동의도 구하려 하지 않았다.

결국 운검은 마신흉갑이 전해주는 고통에 그대로 순응하기 시작했다.

절대로 참지 않는다!

그것이 마신흉갑이 주는 고통으로 인해 미치지 않기 위해 그가 선택한 방법이었다. 정신의 지배하에 놓여 있던 육체의 고통을 그대로 개방한 채 놔둬 버렸다.

그 결과가 지금의 모습이다.

그는 고통을 느낄 때마다 고래고래 소리를 질러댔다. 그리고 마구 날뛰면서 사방을 뛰어다녔다. 체력이 완전히 고갈되어 혼절할 때까지 그리하였다. 그렇게 함으로써 마신흉갑이 주는 고통을 있는 그대로 받아들였다.

다만 그건 어디까지나 그만이 알고 있는 진실이었다.

현재 겉으로 보이는 그의 모습.

한마디로 표현하자면 완전히 미친놈이었다. 누구든 한 번 본다면 이 이상 미치기란 쉽지 않다는 생각을 절로 할 정도였다. 이는 운검 자신도 알고 있는 바였다.

'그녀… 또 찾아왔군. 계속 실패를 거듭하면서도 내 혼혈을 점혈하려던 바보와는 달리 조심스러우면서도 용의주도해. 그렇지 않다면 지금의 내 모습을 보면서도 줄곧 따르지는 않을 텐데 말야……'

운검이 마신흉갑이 주는 고통에 그대로 순응하기 시작하면서 얻은 능력 하나.

그것은 다름 아닌 특별한 내력의 도움 없이 천지사방을 파악할 수 있게 된 것이었다. 그는 천시지청술을 쓰지 않고서도 또렷하게 들을 수 있었고, 감각의 활성화 없이 자신을 에워싼 모든 공간을 파악할 수 있었다.

그건 뭐랄까… 신이 하늘 위로 치솟아올라 하계를 가만히 굽어보는 것과 비슷한 능력이었다. 여태까지 운검이 죽어라 연마했던 무학의 이치를 벗어난 것이기도 했다.

덕분에 운검은 고통으로 고래고래 소리를 질러대면서도 은행마영을 이용해 부근에 은신한 위소소를 쉽사리 발견해냈다. 자신의 괴행을 향해 고정되어 있는 그녀의 표정 변화와 감각의 발현 역시 손에 잡힐 듯 살펴냈다.

문득 운검은 의혹을 느꼈다.

위소소의 현재 얼굴.

과거 마정의 폭주로 인해 의식의 대부분을 잃어버렸을 때 본 적이 있다.

절세의 미모.

보지 않았다면 모르되 본 이상 결코 잊을 수 없다.

운검 역시 사내다. 그사이 잊어버렸을 리 없다. 근래 주변에 모여들었던 미인들과 비교해도 단연 발군이라 할 만했기 때문이다.

그러나 운검이 의혹을 느낀 건 위소소의 절세적인 미모와는 관련이 없다. 자신을 염탐하고 있는 그녀가 무척이나 낯익게 느껴진 것이 원인이었다.

얼굴이 아니다.

그녀가 몸 주변으로 발산하고 있는 기운이다. 그게 시간이 갈수록 익숙하게 느껴졌다. 마정의 폭주 후 단 한 번도 만난 적이 없었던 점을 감안하면 이해할 수 없는 일이다. 오늘은 특히 더욱 그 같은 점이 신경 쓰여왔다.

결국 운검은 연신 비명을 질러대던 와중임에도 은신한 위소소의 전신을 세세히 훑어갔다. 처음으로 그녀의 존재에 대해 진지해진 것이다.

'황룡고검? 설마 그녀였는가······.'

운검의 정신이 흔들렸다.

육체 역시 마찬가지다. 아직 익숙지 않은 육체와의 분리가 깨지며 또다시 순수한 고통 속에 빠져들고 말았다.
"크아악!"

진영언은 한동안 옴죽달싹도 하지 못했다.
흡사 저주처럼 운검을 옥죄고 있는 마신흉갑에서 일어난 기이한 반탄력에 튕겨져 동굴 벽에 부딪친 후 의식을 잃었다. 그 정도로 마신흉갑에서 일어난 반탄력은 엄청난 기운을 함유하고 있었다.
그러나 진영언이 이런 일을 당한 게 한두 번이 아니다.
운검을 발견한 후 종종 당해왔던 일이다. 그때마다 호되게 고생을 한 덕분인지 그녀는 다른 때보다 일찍 정신을 회복했다. 반탄되기 전에 은밀히 호흡을 조절한 덕분이었다.
그렇다 해도 몸이 만신창이다.
마신흉갑에서 일어난 반탄력은 일반적인 무학의 상궤를 많이 벗어난 것이었다. 비록 미리 대비하고 있었다곤 하나 쉽사리 육체에 대한 지배력을 회복하기란 어려운 바가 있었다.
"후읍! 후읍!"
진영언은 천천히 호흡을 가다듬은 후 단전에서 한 가닥 진기를 뽑아내어 전신의 기경팔맥으로 돌렸다. 그렇게 함으로써 몸의 마비를 풀고 내력을 차츰 회복했다. 관건은 결코 급하게 생각하지 않는 것이었다.

그렇게 진영언이 움직일 만한 준비가 되었을 때였다.

동굴에서 그리 멀리 떨어지지 않은 방면에서 간간이 들려오고 있던 비명성이 갑자기 격해졌다. 여태까지 운검이 터뜨리고 있던 것보다 몇 배는 큰 비명이었다.

'혹시 위험에 빠진 건가?'

마신흉갑으로 인해 미쳐 날뛸 때의 운검은 가히 천하무적이라 해도 과언이 아니다. 그의 곁으론 웬만한 절정고수라 해도 다가들지 못한다.

당장에 마신흉갑에서 뿜어져 나오는 반탄력과 운검이 날뛰며 쏟아내는 기파에 휘말려 산산조각나 버린다. 진영언 역시 몇 차례나 죽을 고비를 넘겨왔었다.

그러나 사랑은 본시 사람의 눈을 멀게 만든다.

진영언 역시 그렇다.

그녀는 설마하면서도 어느새 갑자기 커진 비명성이 터져 나온 방면으로 신형을 날렸다. 지금 당장 운검의 안위를 자신의 두 눈으로 확인해야만 했다.

여태까지보다 훨씬 커진 비명성!

언제나와 마찬가지로 미쳐 날뛰고 있는 운검의 면면을 세세히 살피고 있던 위소소의 아미가 찌푸려졌다.

'저 사람… 당장이라도 죽을 것 같구나. 정말 고통스러워하고 있어…….'

소수현마경이 대성을 앞둔 까닭일까?

요즘 들어 위소소는 꽤나 인간적인 감정이 풍부해져 있었다.

운검의 뒤를 쫓기 시작하면서부터는 더욱 그렇다.

그녀는 운검과 마신흉갑에 대해 지극한 호기심을 느끼고 있었다. 근래 연모하던 오라버니 구천마제 위극양에 대한 기억마저 흐려진 걸 생각하면 놀라운 변화라 아니 할 수 없겠다.

물론 그녀는 자신의 그 같은 변화를 아직 깨닫지 못하고 있었다. 그저 소수현마경과 형제 격인 천사심공을 운검이 지니고 있기에 벌어진 변화 정도로 여길 뿐이었다.

지금 역시 그렇다.

그녀는 자신도 모르게 운검이 느끼고 있는 고통에 관심을 기울이던 중 흠칫 어깨를 떨어 보였다. 문득 눈앞으로 흐릿한 그림자 하나가 다가들어 왔음을 느낀 까닭이다.

'어느 틈에?'

생각은 느리고 행동은 빠르다.

특히 무공이 절정의 경지에 이른 무인에겐 더욱 그렇다.

스슥!

위소소는 언제 상념 속에 빠졌냐는 듯 웅크리고 있던 신형을 대뜸 뒤로 빼냈다.

의혹을 느낀 건 그 이후다.

몸이 먼저 반응을 보였다.

여전히 은행마영을 펼친 상태인지라 그녀의 이 같은 움직임은 전혀 밖으로 드러나지 않은 상태였다. 살왕 포진에 비해 결코 못하지 않은 은행마영의 경지인 것이다.

그러나 위소소는 다시 신형을 이동해야만 했다. 정확히 그녀가 피한 방면으로 다시 그림자가 다가서고 있었다. 아니, 그보다는 미리 도착해서 기다리고 있었다는 표현이 옳겠다.

'어떻게 이런 일이 가능할 수 있는 거지?'

위소소는 의혹을 느끼면서도 다시 은행마영을 펼쳐 냈다. 여전히 자신의 신형을 드러내지 않겠다는 의지였다. 아직 운검에게 정체를 들켜선 곤란했기 때문이다.

그때다.

느닷없이 그녀의 배후를 쫓던 그림자가 몇 개나 되는 분신을 만들더니, 사방에서 포위해 들어왔다. 그렇다고 감각이 마구 소리쳐 댔다.

'피할 수 없다!'

위소소는 곧바로 소수현마경을 극한까지 일으켰다. 역골환체비술을 펼치지 않은 상황이다. 과거 유연서로 있을 때와는 다르다.

번쩍!

삽시간에 위소소의 주변으로 눈부신 광채가 뿜어져 나왔다.

한광(寒光).

무엇이든 가로막는 걸 산산조각 내고 갈라 버리는 강기가 만들어낸 광채다. 그녀는 어느새 황룡고검 역시 뽑아 든 채였다. 사방팔방이 거미줄처럼 일어난 검강에 산산이 흩어졌다.

'검강에 거침이 없다! 소수현마경에 걸려드는 감정의 편린 역시 마찬가지다!'

위소소는 과거 이 같은 상황을 경험한 바 있다.

처음으로 운검을 만났을 때다.

그와 함께할 때엔 그녀의 소수현마경이 전혀 힘을 쓰지 못했다. 마치 강물이 바닷물로 흘러들 듯이 사람의 심사를 읽어낼 수 없었다.

그 같은 깨달음과 동시다.

그녀의 황룡고검이 일으킨 검강세례를 짓뭉개며 무지막지한 역도가 밀어닥쳐 왔다.

쾅!

위소소의 신형이 실 끊어진 연처럼 붕 떠올랐다. 발작을 일으킨 운검의 혼혈을 점혈하려다 동굴의 반대편으로 튕겨져 날아간 진영언과 다름없이.

"아!"

운검의 비명성을 쫓아 동굴을 벗어난 진영언은 눈앞에 펼쳐진 광경에 입을 가볍게 벌렸다.

그녀의 눈앞.

언제 비명을 바락바락 질러댔냐는 듯 운검이 붉은 기운에 휩싸인 채 대지를 딛고 서 있다. 겉으로만 보기엔 발광이 완전히 끝난 것 같다.

그러나 진영언은 운검에게 달려들지 못했다.

그럴 수가 없었다.

그로부터 얼마 떨어지지 않은 장소.

그녀가 동굴에서 당했듯이 한 명의 절세미녀가 비참한 꼴을 한 채 널브러져 있다.

운검에게 습격을 당해서 그리되었다.

방금 전, 그녀가 도착한 직후에 벌어진 일이다. 그러니까 입을 벌린 것과 동시라고 해야겠다.

그러니 진영언으로선 운검이 지금 제정신이란 확신을 가질 수 없었다. 언제 자신에게 또 그 괴이한 반탄력을 발휘할지 살짝 두렵기까지 하다.

'그런데 저 자식! 나랑 만나기 전까진 어떤 사람도 습격하지 않았던 것 같은데… 설마하니 예쁜 여자만 덮치는 건가?'

운검은 누구도 덮치지 않았다.

진영언 역시 마찬가지다.

그녀가 혼혈을 점혈하려 했기에 반탄지기가 일어났을 뿐이다.

그러나 진영언은 절정고수답게 바닥에 쓰러져 있는 위소

소의 절세적인 미모를 알아봤다. 괜스레 심통이 일어나지 않을 수 없다.

그때 무심히 대지 위에 서 있던 운검이 움직임을 보였다.

방금 전에 반탄지기로 혼절시킨 위소소 쪽이다. 그녀에게 다가들기 시작한 것이다.

'저 자식이!'

진영언이 아랫입술을 깨물었다.

분하다.

운검이 자신에게 일별조차 주지 않고 혼절한 위소소 쪽으로 다가가는 게 화가 난다. 그가 제정신이 아니란 점은 여기에서 전혀 고려의 대상이 되지 않는다.

진영언은 두 번 생각할 것도 없이 운검의 배후로 다가들었다. 또다시 마신흉갑에서 일어난 반탄지기에 튕겨지는 일이 있더라도 일단은 운검의 행보를 막을 작정이었다.

머리로 생각한 게 아니다.

그냥 여자의 본능대로 그리했다.

스슥!

불영신법을 극한까지 펼치자 진영언의 신형이 순식간에 몇십 개나 되는 그림자를 만들어냈다. 잔영이다. 그만큼 움직임이 빠르단 뜻.

그런데 막 그녀가 위소소 앞에 이르렀을 때다.

쉬악!

위소소를 향해 천천히 다가들던 운검의 손이 앞으로 쑥 뻗어지더니, 한줄기 기괴한 기운을 담아 진영언의 뒷덜미를 낚아챘다.

'뭐……'

진영언은 한 번도 이 같은 괴이한 수법을 본 적이 없다. 공력 역시 마찬가지다. 불영신법을 극한까지 펼친 그녀를 중간에 낚아챌 수 있는 금나수법이 있으리라곤 상상조차 못했다.

그때 그녀의 신형이 한차례 흔들렸다.

뒷덜미를 낚아챈 손에서 일어난 기경의 영향이다.

그와 더불어 그녀의 신형이 뒤로 날아갔다.

나뒹굴었다.

반탄지기 때문이 아니다. 그냥 내동댕이쳐진 것뿐이다. 아무것도 해보지 못하고 말이다.

"악!"

진영언의 입에서 새된 비명이 터져 나왔다. 운검의 손에서 일어난 괴이한 기운에 짓눌려 기본적인 낙법조차 펼치지 못한 까닭이었다.

운검은 뒤도 돌아보지 않았다.

여전히 위소소에게 다가들고 있었다.

第四十三章
야중문답(夜中問答)
질문을 던지자 결국 답이 돌아왔다

華山劍宗

"헉!"

위소소는 격한 숨결과 함께 눈을 떴다.

그와 함께 느껴진 어둠.

어느새 밤이 깊어 있었다. 그녀의 주변에는 온통 밤의 기운이 맴돌고 있었다.

타닥!

그때 그리 멀지 않은 곳에서 나무의 진액이 튀는 소리가 일었다. 불빛이 어른거리고 있는 걸로 봐서 모닥불에 들어간 생나무에서 터져 나온 게 분명하다.

슥!

위소소는 손바닥으로 바닥을 짚었다. 그리고 신형을 일으켜 세워서 바뀐 상황에 대처하려 했다.

"그냥 쉬고 있어. 본래 무공의 수준이 어느 정도였는진 몰라도 몸 여기저기가 쑤셔서 쉬이 체력을 회복하진 못했을 테니까."

"……."

위소소는 입술 새로 신음이 흘러나오려는 걸 가까스로 참았다. 느닷없이 들려온 참견은 모닥불 곁에 두 발을 모은 채 쭈그려 앉아 있던 진영언에게서 흘러나온 것이다.

경험담이다.

그녀 역시 운검의 괴이한 반탄지기에 당한 후 한동안 삭신이 쑤시는 걸 경험한 바 있어서다.

위소소가 침묵한 채 추수 같은 눈빛을 던져 오자 진영언의 입술이 살짝 일그러졌다. 문득 기묘한 감정이 가슴에 잔잔한 파문을 만든다.

'젠장! 진짜 예쁘네. 특히 피부가 고와. 하얗고 잡티가 하나도 보이지 않는 게 마치 한옥으로 조각해 놓은 것 같아.'

순수한 감탄이다.

질투이기도 하다.

자연스레 잠시 위소소의 얼굴을 살핀 진영언의 목소리가 퉁명스럽게 흘러나온다.

"알다가도 모르겠네. 그런 예쁜 얼굴을 어째서 바꾸고 있

었을까? 바뀐 얼굴도 예뻤지만, 본색보다는 못한데 말야."

"나에 대해서……."

"어떻게 아냐고?"

중간에 위소소의 말을 잘라 버린 반문과 함께 진영언이 고개를 한차례 치켜 올려 보였다. 눈꼬리가 살짝 치켜 올라간 시선 역시 변화가 조금 있다.

'검! 황룡고검이로구나.'

위소소가 내심 눈살을 찌푸렸다. 진영언의 시선이 향한 방향에 얌전히 놓여져 있는 황룡고검을 발견한 까닭이다.

그러나 그녀는 그 외에 어떤 행동도 보이지 못했다.

진영언의 말마따나 욱신거리며 쑤시는 전신.

마치 몽둥이에라도 작신나게 두들겨 맞은 것 같다. 운기는 겁이 나서 감히 해볼 엄두조차 내지 못하겠다. 소수현마경의 내공진기는 어떠한 상황에서도 몸을 지켜낸다는 걸 알고 있었기 때문이다.

위소소의 그 같은 내심을 짐작이라도 한 것일까?

진영언이 여전히 미동조차 않고서 입술 새에 슬며시 미소를 만들어냈다. 언제 불퉁한 심사를 드러냈냐는 듯 재밌다는 표정이 됐다.

"운기는 아직 안 해본 것 같네? 얼굴에 미세한 갈등의 그림자가 깃들어 있는 걸 보면 말야."

"갈등의 그림자? 내 얼굴을 보고 심사를 읽을 수 있는 것

인가?"

"그래."

"거짓말!"

위소소의 목소리에 서늘한 기운이 담겼다. 진영언이 자신을 희롱한다고 여긴 것이다. 어찌 소수현마경으로 대부분의 감정을 잃어버린 자신의 얼굴에 담겨진 감정을 읽을 수 있을 것인가. 있을 수 없는 일이다.

진영언이 어깨를 으쓱해 보였다.

"나는 강남 녹림의 총표파자야. 사람의 심사를 읽는 것쯤은 그리 대수로울 것도 없어. 녹림에는 속에 능구렁이 십여 마리쯤은 아무렇지도 않게 집어넣고 있는 놈들이 수두룩하거든. 뭐, 그래 봤자 저기 누워 퍼자고 있는 자식의 신통한 능력에 비하면 아무것도 아닐 테지만 말야."

진영언이 사적인 감정이 섞인 뒷말과 함께 시선을 운검 쪽으로 던지자 위소소 역시 그쪽을 바라봤다.

대 자!

모닥불 부근에 아무렇게나 네 활개를 친 채 누워 있는 운검의 얼굴은 지극히 편안해 보인다. 얼마 전까지 마신흉갑이 주는 고통에 짓눌려 발광하던 모습과는 상당히 거리가 느껴지는 광경이다.

"그는 이제 편안해 보이는군."

"보통 잘 때는 그렇지. 체력이 완전히 소진될 때까지 발광

을 해대다가 곯아떨어지니까. 사람이 이렇게 고생하는지도 모르고 말야. 하지만……."

"하지만?"

"하지만 이번에는 사정이 좀 다른 것 같아. 여태까지 저렇게 편한 표정을 한 채 잠들었던 적은 없었거든. 아마 그건 너 때문일 테지?"

"나 때문?"

"그래."

대답과 함께 진영언이 한 가닥 바람처럼 신형을 일으켜 세웠다.

스슥!

진영언은 이미 위소소 앞이다.

'빠르다!'

위소소는 내심 경각심을 느끼며 바닥을 짚고 있던 손바닥에 힘을 가했다. 여전히 전신이 욱신거리고 쑤셔왔지만, 평생을 가다듬은 무위다. 아무것도 하지 못한 채 상대방의 기습을 허용할 순 없었다.

비틀!

위소소의 예상보다 몸의 상태는 더욱 좋지 못했다. 아주 많이 안 좋았다.

그녀의 단전.

급박한 상황 중에 힘을 가했음에도 한 점의 기운도 일어나

야중문답(夜中問答) 79

지 않는다. 마찬가지로 바닥을 짚은 손바닥 역시 그리 큰 힘을 내진 못했다.

큰바람이라도 불면 날아갈 듯 가냘픈 몸매.

그녀의 바위나 철판조차 아무렇지 않게 박살 내던 소수는 그 같은 육신조차 감당해 낼 힘이 없었다. 그러니 어쩔 수 없이 바닥에 주저앉을 수밖에 없다.

털썩!

바닥에 엉덩방아를 찧은 채 어이없는 표정이 된 위소소를 보고 진영언이 입가에 다시 미소를 만들어냈다.

"풉!"

"……."

"뭐야? 정말로 무공을 완전히 잃어버린 거야? 설마했었는데……."

'그렇지 않다! 내 단전은 비워져 있지 않다. 그런데 어째서 소수현마경의 진기가 미동조차 하지 않는 것이지?'

위소소는 이미 운기를 한 상황이었다. 진영언의 갑작스런 움직임에 대한 대응이었다. 오랫동안 무공을 연마해 온 그녀의 몸이 그런 결정을 내렸다.

그 결과 얻은 정보는 놀랄 만했다.

그녀의 단전은 처음의 염려와 달리 폐쇄당하지 않았고, 소수현마경의 내공 역시 그대로였다. 다만 단전이 위치한 기해혈에서 진기가 옴죽달싹도 하지 않고서 눌러붙어 있을 뿐이

었다.

그래서일 것이다.

위소소는 소수현마경이 오성의 수준을 넘은 후 극도로 단순해졌던 감정에 커다란 파도가 이는 걸 느꼈다. 지금 느끼고 있는 당혹감과 불안감 역시 거기에서 파생된 것 중 하나였다. 모두 위소소로선 익숙지 않은 것들이었다.

슥!

진영언이 잠시 위소소의 그 같은 표정 변화를 지켜보다 슬그머니 그녀 앞에 쭈그려 앉았다. 더 이상 그녀를 암습한다거나 놀라게 할 생각은 없어 보인다.

"아마 그 녀석에게 덮침을 당해서일 거야. 그때 굉장치도 않았으니까 말야."

"그게… 무슨 뜻이지?"

"기억이 나지 않는 거야? 어제저녁에 당했던 일을?"

"어제저녁?"

"정말 그런가 보네. 하긴 지금도 밤이군. 하루를 꼬박 혼절해 있었으니, 날짜 관념이 없어질 만도 하군."

"……."

위소소의 아미가 찡그려졌다. 자신이 하루를 꼬박 혼절해 있었다는 게 믿어지지 않았기 때문이다.

바로 그때다.

무언가를 더 설명하려고 화편 같은 입술을 나풀거리려던

진영언의 동그란 어깨가 슬쩍 떨림을 보였다. 아주 약간이다. 제멋대로 일렁이고 있는 모닥불 빛의 배후로 사람의 그림자 하나가 모습을 드러냈음을 눈치 챈 까닭이다.

'내 확장되어 있는 기감을 뚫고 배후까지 다가들다니! 설마 그 자식이 일어난 건가?'

진영언의 예상대로다.

그녀의 배후에 모습을 드러낸 그림자의 정체는 방금 전까지 네 활개를 친 채로 잠들어 있던 운검이었다. 그의 눈에는 담담하면서도 부드러운 기운이 담겨져 있었다. 어느 모로 보든 근래 보였던 모습과는 완전히 다르다.

"고수들이 포위해 들어오고 있는 것 같아."

"이곳으로?"

진영언이 익숙한 목소리에 안심한 채 신형을 돌려세우자 운검이 고개를 한차례 끄덕여 보였다. 그리고 한마디 덧붙이기를 잊지 않는다.

"이곳에서 삼백여 장 밖이야. 진 소저의 능력 밖이니 굳이 운기할 필요는 없어."

"삼, 삼백 장 밖?"

"그래."

운검이 다시 고개를 끄덕여 보이자 진영언이 얼굴 가득 불신의 빛을 드러냈다. 북궁세가에서 운검이 보인 놀라운 무위를 기억하곤 있었으나 인간이 삼백 장 밖의 기척을 느낄 수

있다는 걸 믿긴 힘들었다.

운검은 굳이 지금 당장 진영언의 불신을 풀어줄 필요성을 느끼지 못했다. 사실 그럴 수도 없었다.

그는 방금 전에야 완전히 정신을 회복했다. 하룻밤 새 자신의 몸에 벌어진 변화를 아직 제대로 이해하지 못하고 있었다. 남에게 논리적으로 설명할 수 있을 리 만무하다.

그렇다고 아예 아무것도 모르는 건 아니다. 어렴풋이 기억나는 것도 있었다.

그는 여전히 바닥에 주저앉은 채 자신을 빤히 바라보고 있는 위소소에게 시선을 던졌다. 여전히 담담한 목소리가 뒤이어 흘러나온다.

"소저의 무공은 내게 금제당했소. 한동안 일반적인 호신공도 펼칠 수 없을 테니까 잠시 진 소저와 함께 얌전히 있도록 하시오."

"어떻게……."

"질문은 사절이오, 일단은."

"……."

단호한 한마디로 위소소의 입을 다물게 만든 운검이 곧 신형을 돌려세웠다.

미풍(微風)?

그런 것조차 위소소는 느끼지 못했다.

그건 진영언 역시 마찬가지다.

야중문답(夜中問答) 83

무공의 소실이 없는 그녀조차 운검의 다음 움직임을 분간치 못했다. 그는 한 점의 바람조차 남기지 않은 채 동굴을 빠져나갔다.

*　　　*　　　*

괴산의 중턱.
그리 크진 않지만 족히 주변 수리에 걸쳐 뻗어 있는 산자락으로 다가드는 네 개의 무리가 있었다. 움직임이 재빠르고 일사불란한데다 손에 손에 병장기를 든 것으로 미뤄 무림 단체에 속한 자들일 터였다.
중천에 뜬 달빛.
대낮의 태양과는 비교조차 되지 않는 밝기나 그래도 보름이 가까워 오고 있었다. 깊어가는 밤치고 괴산 일대는 그리 어둡지 않았다. 몇 장 정도는 평범한 사람의 시력으로도 대충 가늠이 될 정도였다.
그럼에도 오늘 밤 괴산의 산자락에 모습을 드러낸 네 무리의 움직임은 거의 눈에 드러나지 않았다.
극히 가벼운 발걸음.
수중에 들고 있는 병장기엔 일제히 검은 칠이 되어 있다. 야간 전투가 벌어질 시를 상정하고 준비했을 터였다.

스스!

스스스스슥!

괴산으로 향하는 네 무리 중 하나.

최선두에 선 채 쏜살같이 신형을 날려가고 있던 장년의 도객, 서룡대도 이청의 미간 사이에 깊은 골이 패어져 있다. 심사가 꽤나 불편한 상태임을 알 수 있었다.

'제기랄! 대공자, 아니, 임시 가주와 유 총관의 생각을 도무지 모르겠다. 아무리 삼공자의 종적을 놓쳤다곤 하나 이런 일에 사단 중 하나인 서룡단을 한꺼번에 동원하다니! 이거야말로 소 잡는 칼로 닭을 잡는 것이나 다름없는 일이잖아.'

사단.

누가 뭐라 해도 사패의 일좌인 서패 북궁세가를 대표하는 대외 무력 단체의 대명사다. 개개의 단이 하나같이 웬만한 중소문파 하나쯤은 하룻밤 새 초토화시킬 만한 무력을 지니고 있다. 그 정도의 힘을 지니고 있었기에 천하를 사등분하고 있는 사패 중 하나인 서패 북궁세가의 명예를 지켜왔다.

당연히 그중 하나인 서룡단 전체가 움직였다는 건 섬서무림 전체를 뒤흔들 만한 사건이었다. 서룡대도 이청의 도첨(刀尖)이 어디를 향하느냐에 따라서 생사존망을 다툴 만한 문파가 꽤나 많았기 때문이다.

정당한 이유와 배경이 없을 리 만무하다.

현재 전 가주 서방도신 북궁한경의 살해범이자 '비무초친

의 변'을 주도한 주범으로 지목된 북궁휘의 행방은 묘연한 상태였다. 놀랍게도 서안 주변에 펼쳐 놨던 사단의 천라지망을 뚫고 완벽하게 자취를 감춰 버리고 말았다.

천라지망을 펼쳤던 사단으로선 대굴욕이다.

수치였다.

그 같은 상황에서 총관 유성월은 북궁휘와 공모한 자로 화산파 출신의 운검과 강남 녹림의 총표파자인 진영언을 지목했다. 여러 정황상 그들이 북궁휘와 대단히 밀접한 관계를 맺고 있었음을 밝혀낸 것이다.

덕분에 사단에겐 다시 북궁휘를 놓친 수치를 씻을 수 있는 기회가 생겼다. 운검의 대활약으로 목숨을 구한 구대문파와 섬서성 일대 무림인사들의 항변이 잇따랐으나 개의치 않았다. 일단 가주 살해범으로 지목된 북궁휘와 함께 용의 선상에 오른 이상 붙잡아들인 후 판단할 문제라 여긴 것이다.

힘이 곧 정의!

무림의 생리에 따른 결론이었다.

그런 까닭으로 지난 십여 일간 이청은 휘하의 서룡단을 이끌고 진영언의 뒤를 천천히 추격해 왔고, 괴산에 이르렀다. 그리고 지금 내심의 불만을 꾹 누른 채 휘하의 서룡단을 네 패로 나눠 묵묵히 괴산을 포위해 들어가고 있었다. 진영언이 한동안 괴산에서 머물렀음은 이미 파악이 끝난 상황이었다.

그 같은 저간의 사정을 뒤로하고 이청이 점차 신법의 속도

를 높여가고 있을 때였다.

문득 괴산 전체를 교교하게 밝히고 있던 만월에 얼핏 사람 모양의 그림자 하나가 드리워졌다. 모습을 드러냈다.

찰나간.

극히 짧은 순간의 일이다.

이청은 절정고수로서의 감각으로 이를 발견한 게 아니다. 사실 그는 언제나와 마찬가지로 기감을 잔뜩 일으켜서 주변을 살피고 있었으나 어떠한 특별한 기척도 발견하지 못하고 있었다.

다만 그에겐 아주 오랫동안 북궁세가의 최전선에서 칼날 끝에 서서 지내왔던 감각이 있었다.

관찰력 또한 있었다.

그게 느닷없이 일어난 변화를 감지해 냈다. 별다른 구름이 없는 상황에서 달 그림자가 살짝 어두워진 순간을 파악해 낸 것이었다.

슥!

이청이 손을 들어 보였다. 자신이 먼저 신형을 멈추고서였다. 일단 그게 첫 번째로 할 일이었다.

그때 기다렸다는 듯 비명이 터져 나왔다.

이청이 이끄는 서룡단 일조와 정반대편을 맡은 사조가 있는 방향이었다.

　　　　　*　　　*　　　*

　운검은 동굴을 빠져나오자마자 곧바로 신형을 야천으로 띄워 올렸다.
　어느새 활성화된 감각!
　그 속으로 물밀듯 수없이 많은 정보들이 파도처럼 파고들어 온다. 마치 전날 북궁세가에서 혈군자 당무결과 비무를 벌이던 중 경험한 감각과 비슷하다.
　아니다.
　그렇지 않다. 완전히 다르다.
　비슷한 점은 기껏해야 무수히 많은 정보를 얻을 수 있다는 것뿐이다.
　지금 그에겐 마정 속에 뿌리내린 천사심공이 발동할 때마다 부상처럼 던져 주곤 했던 심장의 두근거림이나 아픔이 없었다. 전혀 느껴지지 않고 있었다. 오히려 상쾌할 정도의 활력만이 넘치는 기현상이 벌어지고 있었다.
　'이건 역시… 그 구마련과 관련있는 여자에게서 빨아들인 기운의 영향일 테지? 왠지 내 빌어먹을 심장에 틀어박혀 있는 마정의 천사심공과 비슷하던 그 기운 말야.'
　운검은 마신흉갑이 주는 고통에 완전히 정신을 놓아버린 채 위소소를 덮쳤던 때를 떠올렸다. 일단 상념이 그쪽으로 향하자 마치 방금 전에 벌어졌던 일처럼 당시의 상황들이 세세

히 기억난다. 얽혔던 실타래가 한 올 한 올 풀려 나가는 것처럼 그리되었다.

꿈틀.

문득 입가에 매달린 쓴웃음 하나.

아무리 육체의 고통을 정신으로 제어하길 포기한 상태였다곤 하나 어처구니없는 짓을 저질렀다. 명색이 정파의 명문인 화산파의 제자인 주제에 반항의 의지조차 없던—당시 위소소는 완전히 넋이 나간 채 운검을 지켜보고 있었다—여인을 덮쳐 버렸다. 수치스런 감정에 젖는 것도 무리는 아니다.

하지만 어찌 됐든 결과는 대만족이었다.

의도했던 바는 아니나 당시 위소소의 몸속에서 소수현마경의 기운을 빨아들였고, 심장에 자리 잡은 마정이 움직임을 보였다. 여전히 몸을 옥죄고 있는 마신흉갑이 전해주던 고통에 대항할 수 있는 힘을 가지게 된 셈이다.

강대한 두 가지 마기의 대립!

혹은 상생으로 인해 운검은 마신흉갑의 고통에서 벗어났고, 심장에 자리 잡은 마정이 녹아내릴 수 있는 부담 역시 내려놓았다. 과거와 다름없이 강력한 자하신공과 화산지학을 마음껏 펼칠 수 있게 된 것이다.

뿐만 아니다.

그는 지금처럼 기묘한 능력 역시 가지게 되었다. 과거 천사심공이나 기타 마정에 포함된 마공지학들을 마기의 침습 없

이 사용할 수 있게 됐다는 뜻이다. 적어도 지금은 그러했다. 아직 확실하게 펼쳐 본 적은 없지만 말이다.

'그런데 이런 외진 곳에 북궁세가의 무사들이 그냥 놀러 온 건 아닐 테지? 사패쯤 되는 세력이 그리 한가하진 않을 테니까 말야.'

힐끔.

천공에 신형을 띄운 채 괴산을 포위해 들어오는 서룡단의 움직임을 살핀 운검이 한쪽으로 떨어져 내렸다. 네 무리 중 가장 만만해 보이는 쪽을 습격해 들어간 것이다.

'뭐, 물어보면 알게 되겠지. 순순히 대답하지 않으면 몇 대 쥐어 패면 될 테고 말야.'

운검의 뇌리로 북궁휘의 잘생긴 얼굴이 떠올랐다. 자신의 제자이자 의제가 사뭇 걱정되었다.

퍽!

운검은 천공에서 떨어져 내리자마자 서룡단 사조 조장인 삼환도(三丸刀) 진목승의 안면을 발로 찍어버렸다. 병가의 도리를 배우진 않았으나 싸움에 앞서 적장을 최우선적으로 제압해야 하는 건 익히 알고 있었다.

조장인 진목승이 비참하게 바닥에 나뒹굴자 뒤따르던 서룡단 사조가 움직임을 보였다. 급작스럽게 우두머리를 잃어버렸음에도 대응이 신속하고 전열의 붕괴가 없다.

사사사사삭!

대번에 자신을 에워싼 사조의 움직임을 눈으로 살핀 운검의 눈에 슬쩍 이채가 어렸다.

'양의쌍첨진! 과연 서패 북궁세가의 정예 무사들이 맞구만. 진법을 펼치는 게 신속하고, 동작에 군더더기가 없어. 무수히 많은 실전을 통해 완성한 진형이란 뜻일 테지?'

양의쌍첨진.

서패 북궁세가를 대표하는 진형이다. 운검은 몇 차례 양의쌍첨진을 경험한 바 있었긴 하나 이처럼 대규모 인원이 참가한 진형을 접한 건 이번이 처음이다.

하지만 북궁세가에 양의쌍첨진이 있다면 화산파에는 매화검진이나 칠앵검진(七鶯劍陣), 목상진(木像陣) 등의 진법이 존재했다. 하나같이 기오막측한 변화로는 양의쌍첨진에 결코 꿀리지 않는 고진(古陣)들이었다.

스윽!

시선을 한차례 둘러보는 것만으로 자신을 포위한 서룡단 사조의 양의쌍첨진을 살핀 운검이 담담한 목소리로 말했다.

"어째서 서패 북궁세가의 이름 높은 무인들이 이런 밤중에 움직이게 된 것인지 대답해 주겠소?"

"……."

질문에 대한 답은 없었다.

사실 운검 역시 답을 구하고자 하는 마음은 없었다. 단지

자신의 질문에 서룡단 사조 무인들이 보이는 반응을 살필 뿐이었다. 그게 주목적이었기 때문이다.

순간 그의 뇌리로 순식간에 무수히 많은 상념들이 파고들어 왔다. 모두 주변을 에워싼 서룡단 사조 무인들의 것들이었다.

그러면서도 과거 천사심공이 활성화되었을 때와 다르다. 중구난방이 아니고, 원하고 있던 사항만 골라서 뇌리 속에 떠오른다는 점이다.

'그렇군. 이들은 모두 진 소저의 뒤를 추격해 온 것이었어. 북궁휘 녀석의 종적이 묘연해진 탓에 날 찾을 생각을 했고 말야.'

문득 운검의 입가로 흐릿한 미소가 떠올랐다. 내심 크게 걱정하고 있던 북궁휘가 아직 무사하단 생각이 든 까닭이다.

그 같은 모습에 모욕을 느낀 것일까?

양의쌍첨진을 펼친 채 운검을 노리고 있던 서룡단 사조 무인들에게서 차가운 기세가 일어났다. 그들을 이끌던 진목승이 제압당했음에도 양의쌍첨진의 운용에는 아무런 문제가 없어 보인다.

'훌륭한 진법에 훌륭한 무사들이로군! 과연 서패 북궁세가의 정예다워!'

운검은 내심 칭찬하며 입가의 미소를 지웠다.

슬슬 움직일 때다.

원하고 있던 정보의 취합이 끝난 이상 계속 뒤로 늦추고 있을 이유는 없었다. 오늘 괴산을 압박해 들어오고 있는 건 서룡단 사조만이 아니었기 때문이다.

슥!

발끝으로 지축을 슬쩍 찍은 운검의 신형이 곧 신행백변의 변화를 만들어냈다.

그와 함께 치켜 올려진 식지 하나.

검결지다.

북궁세가가 자랑하던 양의쌍첨진이 처참한 패배를 당하는 전주곡이기도 했다.

　　　　*　　　*　　　*

"컥!"

양의쌍첨진의 최선두에 서 있던 두 개의 각기 다른 쌍첨 중 하나를 맡고 있던 무사의 입에서 비명이 터져 나왔다.

느닷없이 기습을 당한 터라 얼떨결에 진법대로의 움직임을 보였다. 북궁세가의 정예 무사다운 대응이었다. 그가 알고 있던 양의쌍첨진의 강대한 능력대로라면 그것만으로 대부분의 위험은 한 고비 넘길 수 있을 터였다. 그리 배웠고 자부하고 있었다.

그러나 결과는 그의 예상을 완전히 뛰어넘었다.

비슷하지도 않았다.
양의쌍첨진과 함께 진법의 변화를 보인 그가 지금 두 눈을 크게 홉뜬 채 입을 벌리고 있는 것이었다.
'도, 도대체 어떻게?'
북궁세가 서룡단 일조 조장 오호도(五虎刀) 소전이 바닥에 쓰러지기 직전에 떠올린 생각이었다.

털푸덕!
쌍첨의 일인인 소전이 바닥에 쓰러지자 양의쌍첨진의 변화에 당장 제동이 걸렸다. 두 개의 튀어나온 쌍첨이 서로를 보완하는 동안 양의의 변화에 따라 적을 포위해야만 하는데, 처음부터 톱니바퀴의 가장 중요한 축 하나가 빠져나가 버린 때문이다.
"소 조장님이 쓰러지다니!"
"어, 어떻게 하지?"
"어떻게 해! 어떻게······."
삽시간에 전열이 흐트러진 양의쌍첨진을 힐끔 살핀 운검의 입가에 흐릿한 미소가 만들어졌다.
'본래 잘 만들어진 무림진법일수록 이렇지. 진법의 핵심이 되는 자가 초반에 거꾸러지면 복잡한 진법의 변화를 완전히 펼칠 수 없게 되거든.'
운검은 내심의 중얼거림과 함께 이디 양의쌍첨진 깊숙이

파고들고 있었다. 여전히 먼저 괴멸시킨 서룡단 사조에게 써먹은 신행백변을 펼친 채로였다.

당연하달까?

삽시간에 서룡단 일조는 마치 교활하고 노회한 늑대를 만난 양 떼처럼 대혼란에 빠졌다. 이미 서룡단 사조와의 싸움으로 양의쌍첨진에 대한 정보를 완벽하게 파악한 운검의 공격에 전혀 대응을 보일 수 없었기 때문이다.

우르르! 우르르!

운검이 신행백변의 변화에 따라 이리저리 이동할 때마다 서룡단 일조는 연신 같은 자리를 빙글거리며 돌았다. 마치 다람쥐가 쳇바퀴를 도는 것이나 다름없다. 꼭 그런 모습이었다.

"크헉!"

"크학!"

"흐헉!"

절로 터져 나오는 비명!

서룡단 일조의 양의쌍첨진에서 점차 이탈자들이 생겨났다. 앞서 사조가 그러했던 것처럼 양의쌍첨진의 다른 쌍첨이 채 움직임을 보이기도 전에 진법 자체가 붕괴에 빠져들기 시작한 것이다.

바로 그때다.

마치 북궁세가의 훈련 노사라도 된 것처럼 서룡단 일조를 제멋대로 다루던 운검의 눈에 이채가 떠올랐다. 은밀하게 자

신 쪽으로 다가드는 꽤 강력한 기운을 감지해 냈다. 깊은 살의가 담긴 상념 역시 곧 뒤를 따른다.

'서룡대도 이청. 과연 북궁세가의 사단을 맡고 있는 자답군. 어느새 네 패로 나뉘어 있던 세력 중 절반 이상을 하나로 모았을뿐더러 함정까지 파놓을 생각을 했으니 말야.'

운검이 감지한 기운과 살의.

그것은 자신이 이끌고 있던 서룡단 일조를 희생양으로 삼은 후 가까이에 있던 이조와 삼조를 주변에 집결시킨 이청이 무심결에 흘린 것이었다.

그리 어둡지 않은 달밤이다.

이청은 늑대가 양 떼를 덮친 것처럼 자신의 수하들을 희롱하고 있는 운검의 얼굴이 그리 낯설지 않다는 걸 곧 눈치 챘다. 전날 비무초친 비무대회에 앞서 사대관문의 상중상을 맡았던 자신에게 치욕을 줬던 화산파의 제자란 걸 깨달은 것이다.

'죽일 화산파 녀석! 그동안 본 가의 양의쌍첨진에 대해서 연구를 참 많이도 했구나! 나조차도 서룡단 일조 전체를 상대로 저렇게 여유를 부릴 수는 없을 터인데······.'

그랬다.

이청은 아직도 전날 당한 수치를 잊지 않고 있었다. 평생 그 같은 일은 당한 적이 없기 때문이다.

하지만 지금은 그런 옛날 일에 신경을 쓰고 있을 때가 아니

었다. 자칫 잘못하면 서룡단 제일의 무위를 지닌 일조 전체를 잃어버릴 수 있었다.

그는 곧 운검에 대한 살기를 거둬들였다. 대신 마음속의 살의는 더욱 강하게 만들었다. 그리고 휘하의 이조와 삼조를 재빨리 배치시켰다. 운검이 양의쌍첨진에 대해 잘 알고 있는 듯하니, 속전을 펼쳐서 제압할 작정이었다.

'그렇게는 안 되지.'

운검은 이청의 내심을 손바닥 보듯 읽었다. 그가 빠르게 살기를 지워 버린 것과 동시에 먼저 움직임을 보였다.

파곽!

파파파곽!

운검의 신법이 신행백변에서 순식간에 구궁보로 바뀌었다. 더불어 검결지한 손에서 번뜩이는 기운이 연달아 뻗어나갔다. 자하구벽검의 검기를 적수공권으로 펼쳐 낸 것이다.

연달아 터져 나오는 비명성!

삽시간에 운검의 뒤를 죽도록 따라다니고 있던 양의쌍첨진이 궤멸해 버렸다. 허무할 정도의 결과다.

그것으로 끝일 리 없다.

운검은 추풍낙엽처럼 주변을 나뒹구는 서룡단 일조를 놔둔 채 곧바로 신형을 돌려세웠다. 그리고 발끝으로 지축을 찍으며 다시 야천으로 날아올랐다.

쉬아아아악!

밤공기를 가로지르는 기음.
더불어 운검의 검결지된 식지 끝에서 자하의 기광이 줄기줄기 일어났다. 이청이 막 휘하의 이조와 삼조를 좌우로 분산시킨 것과 동시에 벌어진 일이다.
"헉!"
이청은 자신도 모르게 비명을 토해냈다.
달무리에 휩싸인 자하의 검기!
평생 이렇게 굉장한 광경은 처음이었다. 게다가 허까지 찔렸다. 기습을 하려다가 오히려 기습을 당하는 꼴이 되어버린 것이다.
"크악!"
"커억!"
"크헉!"
도합 열여덟 개로 나뉜 자하의 검기가 순식간에 이청의 주변을 쓸어버렸다.
그 결과가 놀랍다.
단숨에 이청의 주변을 철통같이 지키고 있던 호위대 십수 명이 전멸해 버린 것이다. 대지에 다리를 붙이고 있는 건 오로지 이청뿐이었다.
슥!
운검이 그 앞에 표표히 떨어져 내렸다.
차갑게 빛나는 안광.

"이익!"

 이청이 뒤늦게 정신을 수습하고 이를 악물었다. 간발의 차로 이미 발도 역시 들어가고 있는 중이었다. 허리를 살짝 굽히고 손이 도파 쪽으로 향한다.

 팍!

 이청의 발도는 성공하지 못했다.

 이형환위인가?

 어느새 문득 흐릿하게 신형을 분신시킨 운검의 발이 이청의 도파 위에 닿아져 있었다. 발도를 원천적으로 방해한 것이다.

 휘청!

 이청이 신형을 가볍게 무너뜨렸다. 자연스럽게 운검의 발로부터 도파를 떼어내기 위함이었다. 그게 지금 그가 펼칠 수 있는 유일한 구명절초였다.

 실패다.

 신형을 거진 절반이나 무너뜨린 이청의 행동 동선을 따라 운검의 발끝이 이동했다. 먼저 이동해서 그의 도파를 다시 자신의 제압권하에 놓았다.

 "크으……."

 이청이 침음을 삼켰다. 분함과 노여움에 몸이 떨려 나왔으나 두 눈은 경이의 감정을 담은 채 바로 코앞에 서 있는 운검을 향하고 있다. 얼마나 큰 무공 격차가 존재하기에 이 같은

일이 가능할 수 있는지 궁금했기 때문이다.
 운검이 말했다.
 "묻겠소. 당신은 서룡단 최후의 단주가 될 생각이시오?"
 "그게 무슨……."
 "이런 뜻이오."
 운검이 서늘한 대답과 함께 검결지를 한 손을 좌우로 뻗어냈다.
 단순한 한 동작.
 벌어진 일은 상상을 초월했다. 단주인 이청이 위험에 빠진 것을 깨닫고 그쪽으로 돌아서던 이조와 삼조 전체가 갑자기 동작을 멈춰 버린 것이다.
 '하, 한꺼번에 저 많은 인원의 마혈을 점혈한 것인가?'
 그 외엔 다른 도리가 없다.
 이청이 몸을 부르르 떨어 보였다. 등에는 어느새 소름이 다닥다닥 돋아 있다.
 운검이 다시 말했다.
 "다시 묻겠소. 당신은 오늘 밤 서룡단 최후의 단주가 될 생각이시오?"
 "그건……."
 잠시 말끝을 흐렸던 이청이 자신을 구하려다 치욕스런 상황 속에 빠져 버린 이조와 삼조 쪽을 힐끗 바라보곤 한숨을 내쉬었다.

"…그렇지 않소. 그렇지 않아."
"잘 생각했소."
운검이 미미하게 고개를 끄덕여 보였다.
질문을 던지자 결국 답이 돌아온 것이다.

第四十四章

마신마제(魔神魔帝)
마황십도의 회수를 위해 구천마제의 시신을 얻고자 한다

華山劍宗

 동굴로 운검이 돌아온 건 반 시진이 조금 지나서였다.
 그는 동굴로 돌아오자마자 입구 앞에 서서 서성거리고 있던 진영언을 발견하곤 입가에 미소를 만들어냈다.
 누군가가 자신이 돌아오길 기다리고 있다는 것.
 그리 나쁘지 않은 기분이다.
 "날 기다리고 있었소?"
 "너……."
 "운 소협!"
 "뭐?"
 "앞으론 운 소협이라고 불러주시오. 나도 진 소저라고 깍

듯하게 말하고 있으니까."

"깍듯은 무슨!"

슬쩍 눈꼬리를 치켜세운 채 목청을 높인 진영언이 운검을 요리조리 살펴봤다. 혹시 그가 다치거나 하진 않았는가 궁금해서였다.

운검은 말짱했다.

여전히 마신흉갑이 상반신 전체를 옥죄고 있긴 하나 표정만큼은 어느 때보다 상쾌해 보였다.

실제로도 그렇다.

다른 때 미묘하게 얼굴 한 켠에 머물러 있던 음영이 지금은 전혀 보이지 않는다.

'휴우, 괜찮구나. 더 이상 발작 증세도 없는 것 같고. 응? 그런데 어째서 내가 안심하는 거지? 저 자식은 저렇게 태연스런 표정을 하고 있는데……'

진영언은 불만스레 두 볼을 살짝 부풀렸다. 왠지 자신이 손해 본 느낌 때문이다.

"그래서 삼백 장 밖에 몰려들었던 녀석들은 몽땅 처리하고 온 거야?"

"끝내 운 소협이라 부르지 않는군."

"너……."

"반말은 그쪽에서 먼저 했어. 어차피 앞으로 고칠 것 같지도 않으니까 그냥 서로 간에 말을 트도록 하지."

"이……."

"싫으면 공대를 하고 운 소협이라 말하던가."

"됐다!"

결국 진영언이 팽 하고 토라진 소리를 내뱉었다. 언제나와 마찬가지다. 운검과의 말싸움에서 이길 방법이란 없다. 처음 만난 후 지금까지 쭈욱 그래 왔다.

운검이 말했다.

"대충 오늘 밤 우리를 방문한 자들은 정리됐어. 하지만 앞으로도 꽤나 많은 자들이 몰려들 것 같더군."

"더 있다고?"

"애석하게도 그래. 그래서 지금부터 우리는 이곳을 떠나 이동해야만 해. 몰려올 자들이 무서운 건 아니지만 쓸데없는 싸움은 피할 수 있으면 피하는 게 좋다는 주의니까."

'쳇! 언제부터 지가 그런 주의를 가졌다고……..'

내심 혀를 차면서도 진영언은 입가에 미소를 매달았다. 광란에서 벗어난 후 운검의 모습이나 태도가 과거보다 훨씬 의젓해졌다는 생각이 든다.

그때 동굴 안쪽에서 섬세한 인영이 모습을 드러냈다. 진영언과 달리 동굴 내의 모닥불이 있는 장소를 떠나지 않고 있던 위소소였다.

"이젠 질문을 해도 될까요?"

"몇 가진 가능하오."

운검이 고개를 끄덕여 보이자 위소소가 추수 같은 눈을 반짝였다. 여전히 심혼을 뒤흔드는 눈빛이다.

"이곳에 몰려오고 있는 자들 중 구마련 소속도 있나요?"

"아마도. 구마련의 대공녀가 이곳에 있으니까."

"그… 런 것도 알고 있었나요?"

"그리 오래되진 않았소. 소저의 소수현마경의 마기를 흡수하면서 알게 된 것이오."

"……."

위소소의 눈빛이 가볍게 흔들렸다.

예상했던 일이다.

그 외엔 거진 십성 대성을 눈앞에 뒀던 소수현마경의 부작용이 사라진 이유를 댈 수 없었기 때문이다.

하지만 거기엔 한 가지 중대한 논리적인 오류가 있었다. 존재했다.

어떻게 그럴 수 있느냐다!

소수현마경은 구마련에서도 천사심공을 제외하면 그 적수를 찾을 수 없을 정도의 절정마공이었다. 마도사파의 일반적인 흡성마공이나 음양대법 따위론 결코 건들 수 없었다.

하물며 내공진기는 그냥 놔둔 채 마기만을 흡수한다는 건 상상조차 할 수 없는 일이었다. 마도의 하늘이라 불리던 구마련의 대공녀였던 위소소가 알기론 분명 그러했다.

'하지만 저 사내가 지금 걸치고 있는 마신흉갑은 오라버니 조차 중시했던 고대마교의 유물이다. 내 듣기로 현재 무림에 존재하는 마독요사공(魔毒妖邪功)의 구할 이상이 고대마교로 부터 나왔다고 하니 구마련의 마공 역시 거기에서 벗어날 순 없기도 할 것이다. 그렇다면 역시 저자는 화산파의 일반 제자가 아니라 고대마교와 관련있는 인물이라 봐야 하는가?'

생각을 거듭하며 위소소는 내심 안도했다. 오라버니인 구천마제 위극양의 마공을 이었다고 여겼던 운검이 사실은 고대마교와 관련된 인물일 수도 있다는 가능성이 생겼기 때문이다.

그래서인가?

그녀는 운검을 만난 후 처음으로 그를 찬찬히 살피게 되었다. 여태까지의 의심이 가득한 시선에서 조금쯤은 유연해질 수 있게도 되었다.

'저년이!'

여자가 봐도 아름다운 위소소다.

갑자기 그녀가 기묘한 기색을 담은 채 운검을 바라보자 진영언의 눈꼬리가 샐쭉하니 치켜 올라갔다. 아무래도 위소소는 조금 부담스런 상대다.

그때 위소소가 운검을 살피기를 끝내고 입가에 가벼운 한숨을 매달았다.

"그럼 마지막 질문을 하겠어요."

"하시오."

"나는 이제부터 포로인 건가요?"

"포로?"

"구마련의 사대마종이 곧 날 찾으러 올 거예요. 포로로 삼는 편이 그들을 떨치기에 편하지 않겠어요?"

"그도 그렇군."

"그래요. 당신은 날 포로로 삼는 편이 좋을 거예요. 게다가 나는 지금 당신 덕분에 평생의 공부를 몽땅 잃어버린 상태예요. 만약 그냥 버려 버린다면 얼마 못 가서 죽을 수밖에 없을 거예요."

"그게 이유구만."

"그래요."

"흠."

위소소의 제안에 운검이 관심을 보이자 진영언이 참지 못하고 끼어들었다. 이만하면 그녀도 꽤나 오랫동안 참은 편이다.

"강남으로 가자!"

"강남?"

운검이 시선을 던지자 진영언이 어깨를 한차례 으쓱해 보였다.

"이곳으로 무림인들이 모여드는 이유가 한둘은 아닐 거야. 하지만 결국 네가 쫓기는 입장이 된 건 분명해. 그러니까 일

단 강남으로 몸을 피하는 편이 좋을 거야."

"그건 곤란해. 내게는 철부지 제자들과 멍청할 정도로 착한 여동생이 있어. 그들을 놔둔 채 섬서성을 떠날 순 없다."

"그러니까 더욱 섬서성을 떠나야만 하는 거야!"

"뭐?"

"현재 네 녀석은 굉장히 눈에 잘 띄어. 게다가 북궁세가에서 굉장할 정도의 난장판까지 벌였어. 그런데 네 녀석이 계속 섬서성에 있으면 어찌 될 것 같아? 아마 네 녀석을 노리며 무수히 많은 정사의 고수들이 달려들 거야. 그러면 어찌 네 제자들과 유옥 동생이 평안할 수 있겠어?"

"……."

운검은 입을 굳게 다물었다. 진영언이 폭풍이 몰아치듯 쏟아낸 말들이 지극히 옳다는 걸 알고 있었기 때문이다.

위소소가 거들 듯 말했다.

"강남, 좋군요. 나는 한 번도 강남에 가본 적이 없어요."

'너 유람 가라고 강남 가는 거 아니거든!'

진영언이 위소소를 다시 샐쭉하게 노려봤다. 그녀가 자신이 한 말을 거들고 나섰음에도 마음에 들지 않는다. 사실 모든 면이 다 못마땅하고 얄밉게 느껴졌다.

결국 운검이 결정을 내렸다.

"그래, 강남으로 가자! 그러고 보니 나도 섬서성 토박이로 강남에는 단 한 번도 가본 적이 없었어."

"우리… 지금 유람 가는 거 아니거든."

"가지 말까?"

"누가 가지 말자고 했어."

진영언이 위소소를 따라 하는 운검을 밉살맞다는 듯 바라보다 결국 고개를 끄덕여 보였다. 그리고 내심 조그맣게 중얼거린다.

'호호, 강남은 내 땅이야! 거기에 가기단 하면 만년한철로 된 쇠사슬을 구해서라도 꽁꽁 묶어놓을 테니, 다시 장강을 건널 생각은 하지 않는 게 좋을 거야.'

'무섭군. 만년한철로 된 쇠사슬이라니…….'

운검은 자연스레 뇌리 속으로 파고든 진영언의 내심에 입술 근처를 꿈틀거렸다. 고소였다.

*   *   *

사흘 후.

폭풍이 지나간 괴산에 한 명의 초로 수사가 모습을 드러냈다.

백발흑염.

청수한 얼굴.

기이한 신색과 함께 두 눈에 담겨 있는 현기는 가히 추측 불가하다. 현 구마련의 실질적인 총수라 할 수 있는 사대마종

의 좌장, 천종독심 가극염의 등장인 까닭이다.

"마제께서도 결국 풀어내지 못했던 마신흉갑의 비밀이거늘. 그래서 결국 노부 역시 포기했었거늘. 어찌 당대에 그 비밀이 풀렸더란 말인고."

가극염의 입가엔 가벼운 탄식이 담겨져 있었다.

그 정도 되는 현자가 괴산에 오르는 동안 운검과 서룡단 전체가 벌인 전투의 흔적을 발견치 못했을 리 없다. 천산을 떠나 섬서성으로 향하는 동안 비맥을 통해 전해진 정보를 거진 절반 정도 무시하고 있었던 터라 놀라움은 더욱 컸다.

어쨌든 결국 그는 사흘 전 운검 일행이 묵었던 동굴 앞까지 추격을 성공했다. 구마련이 중원에서 축출당한 지 오 년여가 흘렀음에도 비맥은 건재했던 것이다.

탄식을 끝낸 가극염이 천천히 동굴 쪽으로 걸음을 옮겼.

초절정고수의 확장된 기감.

이미 동굴 안쪽에 어떠한 사람도 존재하지 않는다는 것쯤은 확인이 끝난 상태였다. 그런데도 그가 동굴 안으로 들어가려는 건 혹시라도 남아 있을지 모를 흔적이나 정보를 취합하기 위함이었다.

그런데 그가 막 동굴 안쪽에 발을 들여놓을 때였다.

'으음…….'

가극염은 가까스로 입 밖으로 침음이 흘러나오는 걸 참았다. 초절정고수이기 이전에 머리로 사는 모사인 그다. 느닷없

이 눈앞에 드러난 황당한 상황 속에서도 내심의 한 조각은 반드시 숨겨야만 했다.

무엇이 황당한가.

다름 아닌 결코 사람이 존재하지 않아야만 할 동굴 안쪽에 사람이 있다는 것이었다. 그것도 두 명이나. 누가 봐도 기괴하다 여길 법한 한 쌍의 남녀가 모닥불을 사이에 둔 채 동굴 안쪽에 존재하고 있었다.

타탁!

활활 타오르고 있던 모닥불에서 불똥 하나가 튕겨져 나왔다.

더불어 한 켠에 손발이 가느다란 쇠사슬로 결박되어 있는 묘령의 여인이 움찔하고 동그란 어깨를 떨어 보였다. 불똥이 튀는 소리에 놀란 듯하다.

그때 수중의 나뭇가지로 솜씨 좋게 난마와 같은 불길을 고르고 있던 장대한 체격의 사내가 시선을 가극염에게 던졌다. 마치 그제야 가극염의 존재를 인지한 것 같다.

'그럴 리가 없지!'

내심 고개를 가로저은 가극염이 은연중에 내기를 일으켜서 심맥을 비롯한 인체 중요 부위를 보호했다. 일단 선공을 가할 상대는 아니란 판단을 내린 것이다.

"좋은 판단이군. 만약 장심에 모으고 있던 강기를 결국 쏟아냈다면 곧바로 목을 날려 버릴 작정이었는데 말야."

'역시!'

가극염의 현기 어린 눈빛이 깊어졌다.

사내의 울림 깊은 목소리에 자신의 판단이 옳았음을 깨달았다. 그 뒤는 모사답게 타협을 보는 것일 터였다.

"대종교에서 나오신 분이시오?"

"하!"

사내가 두툼한 입술을 살짝 벌린 채 만면 가득 웃음을 만들어냈다. 가극염이 정확하게 자신의 정체를 밝혀내자 꽤나 마음이 즐거워진 듯하다.

가극염은 말을 이었다.

"그리 대단한 것은 아니외다. 곧은 듯하지만 말투 속에 패도의 기운이 후광처럼 번져 나오고 있으니, 정파의 인물은 아니라는 판단하에 내린 결론이기 때문이오."

"그래서?"

"그래서 본 련을 제외한 마도 세력을 쭈욱 훑어봤고, 중원이 아닌 새외 쪽에서 얼추 발견할 수 있었던 것이외다. 새외에서 마신(魔神)이라 불리는 대종교의 대존주라면 능히 공자 같은 대기도 만들어낼 수 있지 않겠소이까?"

"소문으로 듣던 것보다 더욱 재밌는 자로군. 이미 내 신분도 정확하게 파악한 것 같고 말야."

말을 받는 것과 동시에 대종교의 소존주인 사우영이 자리를 털고 일어섰다.

슥!

가극염은 자신도 모르게 전신을 가볍게 경직시켰다.

단지 자리를 털고 일어서는 동작.

그뿐임에도 가극염이 느낀 압박감은 장난이 아니었다. 그야말로 필생의 대적을 만난 것이나 다름없다. 그런 마음가짐이 되어버렸다.

사우영의 태도는 변함이 없다.

그는 흡사 만년거암과 같이 묵직한 시선으로 가극염을 살핀 후 말을 이었다.

"그럼 이제 말해주실까?"

"무얼 알고 싶으신 것이외까?"

"어째서 천산을 떠나서 섬서성까지 왔는지에 대해서 말야. 뭐, 대충 짐작이 가는 바가 없는 건 아니지만……."

"마신흉갑 때문이외다. 고대마교의 유물인 마신흉갑은 본래 마제께서 오랫동안 그 속에 담긴 묘용을 연구하셨던 물건이니, 어찌 정파나 다른 잡졸들의 손에 맡겨둘 수 있겠소이까?"

"단지 그것뿐이다?"

"그렇소이다. 하지만 만약 대종교에서 마신흉갑을 노린다면 노부는 지금 당장 천산으로 돌아가겠소이다. 본 련보다 대종교에게 마신흉갑은 더욱 필요한 물건일 테니 말이외다."

"관대하군."

사우영이 대답과 함께 어깨를 한차례 추어 보였다.

들썩!

보통 사람의 두 배는 족히 되어 보이는 그의 장대한 가슴 근육이 흡사 파도처럼 들썩인다. 단지 어깨를 한차례 추어 보이는 것으로 벌어진 일치고는 꽤나 대단한 광경이다.

'대단한 외공! 소림사의 십팔나한이라 해도 저 정도의 외가근골을 만들기란 그리 쉽진 않겠군. 하지만 진짜 무서운 건 저런 근육 따위가 아니라 고대마교의 후신이라 자부하는 대종교의 놀라운 마공이학이다.'

가극염이 내심 염두를 굴리고 말했다.

"또 한마디 첨부하자면 본 련은 천산에서 다시 세상으로 나올 생각이 없소이다. 대종교에서 중원을 노리신다면 말이외다."

"그냥 산속에 틀어박혀 살겠다?"

"바로 그렇소이다. 지난날 정파의 사패와 구대문파가 연합하여 본 련을 핍박한 탓에 아직도 크게 원기가 상해 있는 상황에서 어쩔 수 없는 선택이외다."

"그도 그렇겠군."

고개를 끄덕이며 다시 한차례 근육의 산과 같은 몸을 풀어 보인 사우영이 호랑이와 같은 시선을 가극염에게 던졌다.

움찔!

가극염은 흡사 전신이 난자를 당하는 느낌이었다. 그야말

로 가까스로 호신강기를 일으키지 않을 수 있었다. 그 정도의 위협을 느낀 것이다.

사우영의 말이 이어졌다.

"그런데 내가 알기로 구천마제 위극양에겐 나이 어린 여동생이 한 명 있었더군. 위… 소소라고 했던가? 지금쯤이면 제법 어여쁜 아가씨가 되었겠군. 그렇지 않아?"

"대공녀께서는 천하에 다시없는 미인이십니다. 노부가 단언하건대 천하제일미시지요."

"좋군. 이 아이보다 예쁜가?"

사우영이 힐끗 시선을 모닥불 반대편 쪽으로 던지자 가극염 역시 그쪽을 잠시 바라봤다.

손발이 결박된 채 동굴 바닥에 아무렇게나 주저앉아 있는 여인.

청명뇌음도 북궁상아.

두 눈을 실명한 채 사우영에게 끌려온 비운의 여인이다.

가극염이 비록 오랫동안 천산에 처박혀 있었으나 휘하의 비맥을 통해서 중원의 사정에 대해선 잘 알고 있었다. 모사의 책무를 단 한시도 잊지 않고 있었던 것이다.

당연히 근래 북궁세가에서 벌어진 일에 대해서도 제법 소상히 알고 있었다. 거기에 특유의 연륜과 관찰력까지 더해져 북궁상아가 손발을 결박당했을뿐더러 두 눈의 시력 역시 실명한 상태임을 알아봤다.

'쯔쯧, 서패 북궁세가! 어쩌다가 이런 낭패를 당하게 된 것일꼬? 대종교에 찍히게 되다니…….'

내심 혀를 찬 가극염이 입가에 흐릿한 미소를 매달았다.

"청명뇌음도 북궁상아라면 섬서성 내에서 유명한 절색이라 할 수 있을 것이외다. 하지만 본 련의 대공녀님을 능가할 순 없을 듯하외다."

"그렇군. 그래서 천종독심 가극염, 구천마제 위극양 사후에 구마련을 이끌고 있던 당신이 이곳까지 친히 모습을 드러낸 것일 테고 말야."

"……"

침묵하는 가극염에게 사우영이 다시 질문을 던졌다.

"구천마제 위극양의 유체는 천산에 있는 건가?"

가극염의 안색이 대변했다. 위소소에 대한 사항을 전해 들었을 때보다 더욱 놀란 것이다.

"마, 마제의 유체는 어째서 찾으시는 것이외까?"

"필요하니까. 그가 본 련에서 훔쳐 배워간 마황십도의 마공을 회수하라는 사부님의 명을 받들어야만 하거든."

"그건……"

"나랑 말장난할 생각은 하지 않는 게 좋아. 모사를 상대할 때 나는 보통 주먹이 앞서거든."

"……"

명쾌한 상황이다.

사우영은 마신흉갑의 주인인 운검이나 위소소 때문에 그들이 머물다 간 동굴을 지키고 있었던 게 아니다. 그의 진짜 목표는 위소소의 뒤를 쫓아올 가극염이었다.

잠시간의 침묵.

가극염은 이 같은 상황에서 자신이 선택할 수 있는 일이 그리 많지 않다고 여겼다. 실제로도 그러했다. 자신의 능력으론 결코 눈앞의 사우영이란 대기의 크기를 가늠할 수 없었기 때문이다.

그렇다면 결론은 하나다.

스륵!

가극염이 양손을 내려뜨리곤 평안한 표정으로 말했다.

"마제께서 한때 대종교에서 무공을 사사받은 건 노부도 알고 있었소이다. 하지만 그 후 마제께서는 스스로 구마련을 일으키고 새로운 무학의 경지를 이룩하셨소이다. 이제 와서 대종교가 본 련에 대한 권리를 주장하는 건 결코 용납할 수 없는 일이외다."

"그런가?"

"그렇소이다."

"그럼, 죽을힘을 다해서 저항해 봐. 내가 상대해 줄 테니까, 모사."

"……."

단순명쾌한 사우영의 선언에 가극염이 노안을 딱딱하게

굳혔다.

오늘 밤.

어쩌면 오 년여 전 구천마제 위극양이 죽었을 때조차 굳세게 버텼던 구마련의 명맥이 끊어질지도 모르겠다. 문득 그런 생각이 가극염의 뇌리를 스쳐 갔다.

그리고 그때 사우영이 그런 그에게 천천히 걸음을 떼어내기 시작했다.

* * *

수해촌.

본시 발 없는 말이 천 리를 가는 법이다.

대도와는 사뭇 떨어진 소촌(小村)인 이곳에도 북궁세가에서 벌어진 '비무초친의 변'에 대한 소식은 들려왔다. 당연히 당시 대활약을 펼쳐서 섬서성 일대의 무수히 많은 무림명숙들을 죽음의 위기에서 구해낸 운검은 단연 화제의 중심이었다. 근래 섬서성 일대에서 나온 최고의 영웅이란 평가였다.

와글와글! 시끌시끌!

아침부터 사람으로 넘치고 있는 곳은 수해촌 제일의 객점인 대흥반점이 아니었다. 근래 새롭게 세워진 이층 크기의 넓고 깨끗한 객점이었다.

운옥객점(雲玉客店).

유옥이 운검과 자신의 이름 중 하나씩을 넣어서 세운 객점은 장사 초반에 꽤나 고전했다. 비록 그녀가 오랫동안 저잣거리에서 착한 성품으로 좋은 평판을 얻긴 했으나 수해촌에서 대홍반점의 위세는 사뭇 대단했다.

대홍반점의 주인인 왕 대인은 새롭게 나타난 경쟁 상대를 밟기 위해서 출혈 경쟁을 선언했을뿐더러 수해촌에서 그동안 쌓은 인맥을 총동원했다. 초장부터 운옥객점을 밟아서 망하게 만들 심산이었다.

그러나 왕 대인은 곧 자신이 상대를 잘못 선택했음을 깨달았다. 초반에 가격을 싸게 책정해 몰려든 손님들은 계속 적자를 누적시켰고, 총동원한 인맥들은 곧 하나둘 고개를 가로저으며 떠나갔다. 유옥의 뒤에 수해촌 인근 하오문의 비호가 있음을 알고 얼른 손을 털어버린 것이다.

그래도 수해촌처럼 작은 동네에서 새롭게 자리를 잡는다는 게 수월한 일은 아니다. 인근 하오문의 비호는 일반 장사에선 오히려 악재로 작용하기도 했다. 결국 대홍반점의 손해가 쌓이는 만큼 운옥객점 역시 파리를 날릴 수밖에 없었다.

그러던 게 요 한 달간 완전히 사정이 역전되었다.

다름 아닌 바람을 따라 수해촌까지 날아든 '비무초친의 변'과 운검의 대활약에 대한 소문 덕분이었다.

유옥이 별다른 생각 없이 붙인 운옥객점의 상호에 담긴 유

래가 수해촌 사람들의 관심을 잡아끌었다. 거기에 더해 인근 하오문도들이 퍼뜨린 운검과 유옥이 혈연지간이란 소문이 불길에 기름을 붓는 역할을 했다.

근래 섬서성 일대를 뒤흔든 대영웅!

사돈에 팔촌 정도가 아닌 오누이인 유옥이 만든 객점에 관심이 집중되지 않을 수 없었다. 물론 거기에는 유옥의 좋은 평판과 훌륭한 음식 솜씨, 아름다운 외모가 한몫 거들었음은 물론이었다.

그렇게 오늘도 아침부터 만원을 이룬 운옥객점이 내려다보이는 언덕 위.

언제부턴가 머리에 챙이 넓어 얼굴 전체를 가리는 방립을 쓴 장신의 청년이 모습을 드러내고 있었다. 얼핏 방립 사이로 드러난 눈빛이 우울하게 가라앉아 있다.

'결국 사부님께서는 수해촌으로 돌아오지 않으셨구나. 하긴 그날 마신흉갑을 걸치고 섬서성의 군웅들을 살리신 직후에 완전히 행방이 묘연해지셨으니……'

방립청년.

그는 잠시 구정회의 비호 속에 며칠 전 서안을 떠난 북궁휘였다. 그 자신도 대종교와 북궁세가의 추격을 받는 와중임에도 사부 운검과 사형 영호준의 안위가 걱정되어 수해촌까지 온 것이다.

그때다. 상념에 젖어 있는 북궁휘의 배후로 역시 방립으로

얼굴 전체를 가린 자가 모습을 드러냈다. 구정회의 부탁에 의해 북궁휘를 이곳까지 무사히 오게 도와준 귀왕 소연명이었다.

'쯔쯧, 정파의 도련님들이란! 그냥 여기까지 왔으면 곧바로 들러서 확인하면 되지, 이렇게 멀찍이 떨어져서 바라나 보고 있으니, 원. 뭐, 그래도 하는 짓이나 그런 걸 보면 사리가 있고 똘똘하니 그 깐깐한 구정회주가 점찍은 것도 이해는 간다마는.'

내심 혀를 찬 소연명이 북궁휘에게 말했다.

"가보진 않을 건가?"

"폐가 될 뿐입니다."

"밤에 몰래 들르면 되지 않겠나?"

"영호 사형은 피가 끓는 열혈남아입니다. 제게 사부님의 소식을 듣는다면 곧바로 이곳을 떠나서 무림에 발을 내딛을 겁니다. 유옥 소저 역시 크게 걱정할 것이고 말입니다."

"결국 무소식이 희소식이란 말이구만? 하지만 '비무초친의 변'이 일어난 이후 섬서무림에는 운검 소협에 대한 무수히 많은 억측들이 돌고 있다네. 소문도 아주 다양하고 많지. 그러니 아예 아무런 말도 전하지 않는 것보다는 조금이라도 사정 설명을 해두는 편이 낫지 않겠는가?"

"그 말씀도 옳습니다. 하지만 지금은 그냥 무소식이 희소식임을 믿고 있게 하는 편이 나을 것 같습니다."

"그런가? 뭐, 알겠네."
 천천히 고개를 주억거린 소연명이 다시 물었다.
 "그럼 이제 자네는 어디로 가려는가?"
 "소림으로 갈 것입니다. 이미 약속한 일이니까요."
 "역시 그렇구만. 그럼 나는 이곳에서 이만 작별을 고하겠네. 아무래도 서안 쪽의 동향이 심상치 않은 듯해서 말야. 하남성으로 향하는 방면은 이미 내가 손을 써뒀으니, 별다른 위험은 없을 것일세."
 "노고에 감사드립니다."
 북궁휘가 정중하게 포권지례를 해 보이며 허리를 숙이자 소연명이 역시 반례해 보였다.
 구정회주가 점찍은 자!
 북궁휘의 앞날은 쉽사리 짐작할 수 없을 정도다. 미리미리 친분을 유지해 놓는 것도 나쁠 것은 없었다.

 서안 쪽으로 떠나가는 소연명을 배웅한 북궁휘가 다시 시선을 운옥객점 쪽으로 던졌다.
 영호준의 젊고 혈기 넘치는 얼굴, 유옥의 순진하면서도 강직한 성품, 그에 더해 사부 운검의 여유 넘치면서도 유들유들한 얼굴까지…….
 어느 하나 그립지 않은 게 없다.
 어느 사이에 멸문에 가까운 화를 입은 북궁세가보다 그들

이 더욱 가깝게 느껴지게 되어버렸다. 정말로 가슴 한 켠이 아릴 정도로 그리웠다.

'하지만 지금은 힘을 키울 때다! 아버님의 원수를 갚고 북궁세가를 장악한 악의 세력을 몰아내지 않는다면 어찌 내가 사내대장부라 할 수 있으랴!'

내심 마음을 굳힌 북궁휘가 운옥객점을 향해 정중한 포권지례를 한 후 천천히 신형을 돌려세웠다.

후일.

다시 웃는 얼굴로 재회할 것을 다짐하면서였다.

'응?'

영호준은 잔뜩 식재료를 등에 짊어진 채 유옥객점으로 향하던 중 시선을 언덕 쪽으로 던졌다.

왜?

이유 따윈 없었다. 단지 그는 묘한 느낌을 받았다. 그래서 그걸 확인하기 위해서 언덕 쪽을 바라봤다.

그런 그의 시야 속으로 한 명의 방립인이 들어왔다.

일반인보다 훤칠한 키.

바람에 흩날리는 장포 속에 담겨진 몸매는 고된 연무로 단단하게 단련되어져 있을 터다.

일견한 후 그런 느낌을 받았다.

그러나 영호준의 눈에 이채가 떠오른 건 방립인의 모습이

왠지 낯설지 않아서였다. 그리고 그의 시선이 향하고 있던 장소가 운옥객점이란 점도 무시할 수 없었다.

'내가 알고 있는 사람인가? 아니면 어디에서 만났던 사람?'

영호준이 염두를 굴리고 있을 때였다.

갑자기 방립인이 정중하게 포권지례를 올렸다. 역시 운옥객점 쪽을 향해서였다.

"북궁 사제……."

영호준은 자신도 모르게 중얼거린 후 해연히 놀랐다. 갑자기 방립인의 정체를 깨닫게 되어버린 것이다.

'북궁 사제! 북궁 사제다!'

내심 부르짖은 영호준이 등에 짊어지고 있던 식재료를 바닥에 내동댕이친 후 언덕으로 바람같이 신형을 날렸다. 북궁휘를 붙잡기 위해서였다.

그러나 그가 언덕 위에 올랐을 때다.

그저 한식경이 지났을 뿐이나 이미 북궁휘는 자취를 감춘 상태였다. 운옥객점에 포권지례로 작별을 고한 후 바람처럼 떠나가 버린 것이다.

"이… 이……."

영호준이 재빨리 언덕 주변을 이 잡듯 뒤지고 돌아와 거친 호흡을 연신 뿜어냈다. 얼굴 역시 붉게 달아오른 게 여간 화가 나지 않은 것 같다. 북궁휘가 수해촌까지 왔다가 자신조차

만나지 않고 떠나간 것에 속이 상했다.

그러나 영호준도 과거의 철부지는 아니었다.

그는 한차례 거칠어진 호흡을 가다듬은 후 곧 마음을 되돌렸다. 북궁휘를 만난 후 그와 지냈던 나날을 떠올리곤 뭔가 사정이 있을 거란 판단을 내렸다.

'역시 북궁세가에서 벌어진 난리 때문인 건가? 하지만 사부님은 당시 북궁세가에서 대단한 활약을 펼쳤다고 하던데… 설마 북궁 사제와 헤어지신 걸까?'

운검이 북궁세가로 간 건 어디까지나 북궁휘 때문이었다.

그와 북궁상아가 한 약속을 지키게 해주기 위해 비무초친에 참가한 것이었다.

그런데 그 뒤에 '비무초친의 변'이 일어났고, 북궁휘가 오늘 홀로 수해촌을 찾았다. 비록 소문에 소문이 부풀려져 운검이 섬서성에서 근래 가장 떠오른 별과 같은 존재가 되었으나 영호준으로선 은근히 걱정되지 않을 수 없었다.

'이 얘기는 절대로 유옥 소저한테는 하지 말아야겠다. 아직 어떤 것도 확실해진 것이 없는데, 괜스레 그녀를 걱정하게 할 필요는 없으니까. 그녀는 요즘 들어 객점을 운영하는 것만으로도 너무 고생을 많이 하고 있어…….'

유옥을 떠올리며 슬쩍 입가에 미소를 만들어낸 영호준의 안색이 또다시 화악 붉어졌다.

이번에는 화가 나서가 아니다.

자신도 모르게 유옥을 떠올린 걸 깨닫고 부끄러움을 느낀 것이다.

그러나 그것도 잠시였다.

은연중에 운옥객점을 바라보던 영호준의 안색이 딱딱하게 굳었다. 북궁휘를 조금이라도 빨리 따라잡기 위해 내동댕이친 식재료를 들고 가는 넝마주이들을 발견한 까닭이다.

"이 도둑놈들아! 그건 쓰레기가 아냐!"

"……."

대답은 돌아오지 않는다.

결국 영호준이 다시 달리기 시작했다. 이번에는 넝마주이들로부터 오늘 점심부터 운옥객점에서 사용될 식재료를 지키기 위함이었다.

'무소식이 희소식이라 했다! 분명히 사부님과 북궁 사제는 무사할 거야! 절대로!'

언덕 아래로 달려 내려가며 영호준은 내심 마음을 굳게 먹었다.

* * *

두 달 후.

어느새 찬바람이 불기 시작한 계절에 운검 일행은 적벽(赤壁)을 앞에 두었다. 섬서성을 무사히 떠나 하남성과 강서성의

경계에 이른 것이다.

적벽.

유명한 후한 말기 삼국시대에 가장 유명한 전쟁인 위나라와 오나라 간의 적벽대전이 벌어진 장소이다.

그래서일까?

이곳 적벽에는 적벽대전의 최고 유명인 증 한 명인 제갈공명에 대한 자못 흥미로운 전승이나 이야기들이 도처에 흘러넘치고 있었다. 실제 전쟁의 당사자였던 위나라의 조조나 오나라의 손권보다 제갈공명이 민간에서 더욱 인기가 좋은 까닭이었다.

찰랑거리는 홍호의 물결을 바라보며 진영언은 기다란 머리를 손으로 한차례 흩어 보였다.

찰랑거리는 생머리.

가느다란 손길을 타고 자연스럽게 흘러내리다 파도를 탄다.

평상시처럼 얼굴 전체를 방립과 피풍의로 가리고 있던 위소소가 가벼운 찬탄을 담아 말했다.

"머릿결이 정말 좋군."

"내가 좋은 게 머릿결뿐이라 생각하면 오산이야. 이 찰랑이는 머릿결은 내가 가진 장점 중에서도 가장 하위에 속한 거라구."

"그런가?"

"아무렴. 일단 내 쭉 뻗은 각선미만 해도 집구석에나 처박혀서 지내는 일반 여염집의 계집은 감히 따라오지 못할……."

절세미녀인 위소소의 칭찬이다.

오랜만에 신이 나서 붉은 입술을 나풀거리고 있던 진영언이 갑자기 말끝을 흐렸다. 그녀와 위소소 주변으로 일단의 사내들이 다가드는 광경을 목도한 때문이다.

'쯔쯧, 짝다리에 거들먹거리는 몰골 하곤. 인근에서 양민을 괴롭히는 껄렁패들이로군. 우락부락한 인상과는 달리 발걸음에 힘이 별로 느껴지지 않는 걸 보면 무공도 대충 삼류나 면한 정도인 것 같고.'

진영언은 강남 녹림의 총표파자인 탓에 강서성에서 가까운 적벽이 그리 낯설지 않았다. 사람이고 사물이고 다 익숙하고 친근했다.

당연히 지금 다가들고 있는 껄렁패들 역시 마찬가지다.

안 봐도 그림이다.

어떻게 다가와서 어떤 짓을 할지 눈에 선했다.

결국 사내들에 대한 평가를 끝난 진영언이 슥 앞으로 나섰다. 괜스레 시간을 끌면서 껄렁패들이 어찌하는지를 구경하기가 귀찮았기 때문이다.

"이봐! 한가들 한 것 같네?"

"이봐아?"

껄렁패들 중 가장 앞장서 있던 자가 진영언의 말투를 따라 하며 두 눈을 번뜩였다. 가장 먼저 반응을 보였으니 대장이다. 그렇지 않아도 쩝쩍거리러 가던 참인데, 이렇게 먼저 다가와 말을 걸어주니 고맙기까지 할 터다.

진영언은 개의치 않았다.

"됐구!"

단 한 마디로 껄렁패 대장의 안색을 굳게 만든 그녀가 고개를 한차례 까닥거려 보였다.

"이쪽은 절벽이야! 괜스레 우르르 몰려갔다가 천 길 낭떠러지로 추락하지 말고 저쪽으로 돌아가, 모두!"

"……"

껄렁패 대장은 일시 대답하지 못했다. 진영언이 한 말을 잠시 이해하지 못했기 때문이다. 그러다 점차 이해가 가기 시작했다. 얼굴이 벌겋게 달아오르지 않을 수 없다.

"이런 잡년이! 얼굴 좀 반반하다고 어디서 기어오르고 지랄이야!"

"씨발년!"

"갈보 같은 년!"

대장이 욕설을 내뱉자 뒤따르던 껄렁패들이 일제히 욕설을 퍼붓기 시작했다. 각기 자신들이 알고 있는 여자와 관련된 욕설을 몽땅 쏟아낸 것이다.

후비적!

진영언은 외눈 하나 깜빡이지 않았다. 녹림에서 평생을 보낸 그녀에게 껄렁패들의 욕설은 초보적인 수준에 불과하다. 그다지 새롭지 않으며 악랄함에 있어선 조악하기까지 하다.

"못 들어주겠군, 너무 수준이 떨어져서."

"뭐야! 뭐 이런 개 같은 년이……."

"게다가 주제 파악도 제대로 못하는군. 상대의 수준을 파악하지도 못해. 그러니까 이런 꼴을 당하게 되지."

"뭐……."

껄렁패 대장은 또다시 말을 잇지 못했다.

이번엔 말의 뜻을 이해하지 못해서가 아니다. 그냥 할 수 없게 되어버렸다.

퍽!

진영언의 무릎이 껄렁패 대장의 하복부를 가격했다. 순간적으로 입이 딱 벌어지고 두 눈에서 힘이 풀리지 않을 수 없다. 말 같은 걸 할 수 있는 처지일 리 만무하다.

그와 동시다.

진영언은 거의 실신 상태인 껄렁패 대장의 머리를 한 손으로 밀어내고 다시 신형을 움직였다.

목표?

당연히 자신에게 욕설을 퍼부었던 나머지 껄렁패 전부다.

퍼퍽!

퍼퍼퍼퍼퍽!

연달은 격타음과 더불어 껄렁패들의 입을 뚫고 연신 곡소리가 터져 나왔다. 모두 진영언에게 아랫도리가 걷어차인 직후에 벌어진 일이었다.

第四十五章
대원금도(大元金刀)
고작해야 절금단옥(切金斷玉)의 보도일 뿐이다

華山
劍宗

　일행을 떠나 배를 구하러 다녀온 운검의 얼굴이 살짝 경련을 일으켰다. 마신흉갑을 가리기 위해 몸 전체를 감싼 피풍의 역시 바람도 없는데 가볍게 흔들리고 있다.
　우르르!
　그때 한 떼의 사내들이 마치 그가 오기만을 기다렸다는 듯 비틀거리며 반대편으로 달려갔다.
　하나같이 엉거주춤한 자세.
　뒤에 서서 의기양양한 표정으로 그들을 배웅하고 있는 진영언의 모습까지 감안하자면 대충 전후 사정이 짐작 간다. 굳이 천사심공의 도움을 받을 필요조차 느끼지 못하겠다. 그들

은 지금 죽기 살기로 도주하고 있었다.

'후우! 그렇게 내가 남의 눈에 띌 짓은 하지 않는 편이 좋다고 했건만……'

운검은 내심 한숨을 내쉰 후 느릿하게 진영언에게 다가갔다.

살짝 굳어 있는 표정.

진영언이 고수답게 멀리서도 그의 표정 변화를 눈치 채고 변명하듯 말했다.

"나, 아무것도 하지 않았다!"

"아무것도?"

"뭐, 사고 예방 차원에서 살짝……"

"살짝 불쌍하고 힘없는 사내들을 손봐줬군? 언제나처럼 말야."

"뭐가 불쌍하고 힘없는 사내들이야! 저 자식들은 이 근처에서 침 좀 뱉고 노는 녀석들이라구!"

"잘 아는군."

"아무렴. 이곳은 강서성에서 그리 멀지도 않은 곳이야. 저런 녀석들쯤은……"

"저들이 네 말대로 적벽 인근에서 침 좀 뱉고 노는 치들이라면 더욱 곤란해."

"뭐가?"

"내가 도강을 위해 배를 알아보러 갔더니, 인근에 제법 큰

수적 패거리가 있다더군. 알고 있었나?"

"수적 패거리? 이 지역엔 장강수로십팔채(長江水路十八寨)에 속한 수채는 없는 걸로 아는데?"

"근래 생긴 신흥 집단이라더군. 이름이 거경방(巨鯨幇)이라던가? 아무튼 근자에 인근 강변에서 크게 위세를 보여서 적벽의 수군(水軍)들조차 감히 그들을 건들지 못하고 있는 형편이라더군."

"호오!"

진영언이 나직이 한숨을 내쉬었다.

비로소 운검이 화낸 이유를 눈치 챌 수 있었다.

'거경방이라… 장강수로십팔채조차 지들 거점 부근에 있는 수군에겐 상당한 뇌물을 바치는데, 그런 식으로 천둥벌거숭이처럼 날뛴다는 건 딱 두 가지 경우밖엔 없겠군. 아직 수적이 된 지 얼마 안 돼서 겁대가리가 없거나 천하에 이름을 날린 고수가 새롭게 세력을 일으켜 세웠거나.'

진영언은 내심 염두를 굴린 후 운검에게 고개를 슬쩍 치켜 올려 보였다.

"그래서 이 부근의 껄렁한 녀석들은 모두 거경방과 줄을 대고 있을 거란 판단이냐?"

"그런 셈이지. 보통 그렇잖아. 아니면 강남의 흑도(黑道)나 녹림도는 규칙이 다른 건가?"

"그렇진 않아. 네 말이 맞아. 그런데 어째서 방금 전에 그

자식들을 그냥 보낸 거야?"

"내가 어떻게 했어야 하는데?"

"당연히 화(禍)의 근원을 뿌리뽑았어야지!"

"나는 화산파의 제자야. 아직 죄도 짓지 않은 자들을 먼저 징벌할 순 없다구."

"하! 잘나셨군."

나직이 혀를 차면서도 진영언은 더 이상 운검에게 뭐라 하진 않았다. 정파인치고는 꽤나 죽이 잘 맞는 그지만, 출신 성분은 어쩔 수 없다는 생각을 하고 있었기 때문이다.

"그래서 이젠 어떻게 하지? 강을 건너는 동안 지독한 수적 놈들을 만나게 되면 꽤나 골치 아플 텐데?"

"지금 당장 도강을 해야겠지."

"지금 당장? 설마 그사이 배를 구한 거야?"

"물론."

운검이 대답과 함께 씨익 웃어 보였다. 진영언을 재신이라 부르며 돈을 요구할 때 늘상 보이던 모습이다.

"…돈 필요하냐?"

"그래. 근방에서 고기를 잡는 늙은이인데 돈을 상당히 밝히더군. 거경방이 근래 하도 설쳐 대서 사람을 실어 나르지 않은 지 오래됐다고 말야."

"거경방에 관한 정보는 그 늙은이한테 얻었겠군? 일부러 그런 거 아냐?"

"그렇지. 아무래도 이 근방에서 오랫동안 어부로 지낸 만큼 물길에 대해선 가장 잘 알 것도 같았고 말야."

"게다가 나 같은 성격 좋은 재신도 함께 있고 말야?"

"하하!"

운검이 어색하게 웃어 보였다.

섬서성에서 하남성을 가로질러 이곳 적벽까지 오는 동안 일체의 여행 경비는 진영언에게서 나왔다. 마신흉갑을 입고 날뛰는 동안 운검이 전낭을 잃어버린 때문이다.

잠시 운검을 흘겨본 진영언이 입술을 살짝 내밀며 말했다.

"얼마야! 얼마면 돼!"

"하하!"

운검이 이번엔 만면 가득 미소를 담았다.

일다경 후.

운검 일행은 대여섯 명 정도를 수용할 수 있을 정도의 어선 위에 올라 있었다.

넘실거리는 푸른 물결.

평생 처음으로 장강의 지류를 보게 된 운검이 감탄 어린 표정으로 물결을 바라봤다. 섬서성에서 나고 평생의 대부분을 보낸 터라 이처럼 커다란 강물을 본 게 처음이었던 것이다.

"장강은 대륙의 어머니고 황하(黃河)는 아버지라 하더니, 정말 대단하구나!"

그의 곁에 바짝 달라붙어 있던 진영언이 픽 하고 비웃음을 던졌다.

"이 정도를 보고 놀라다니! 정말로 장강의 본모습을 보게 되면 놀라서 뒤로 넘어가겠군."

"이 적벽보다 더욱 엄청난 광경이 장강엔 있다는 말이야?"

"아무렴. 적벽의 장강 지류도 그리 작은 규모는 아니지만, 하류 쪽으로 내려가면 더 엄청나다구. 가히 바다에 비교할 정도지."

"그렇게 말해봤자 아무런 소용이 없어. 나는 바다를 본 적이 없으니까."

"그게 뭐 자랑이라구."

진영언이 운검의 얕은 견식을 슬쩍 비웃어줬다. 평소 그에게 당한 게 많은 만큼 이럴 때라도 심정적인 우위를 차지하고 싶어서였다.

그리고 그녀가 보타신니 문하에서 무공을 사사받을 때 봤던 바다에 대해 다시 설명하려 할 때였다.

두 남녀의 대화를 재밌다는 듯 바라보고 있던 위소소가 갑자기 끼어들었다.

"궁금한 게 있다. 우리는 지금 어디로 가고 있는 거지?"

"강남으로 가고 있잖소?"

"그래, 강남으로 가기 위해 지금 비싼 돈 주고 고깃배를 빌려서 도강하고 있잖아!"

운검과 진영언이 거의 동시에 대답하자 위소소가 고개를 한차례 흔들어 보였다.
"나는 바보가 아니다. 나는 지금 강남의 어디로 가는 건지 묻고 있는 것이야."
"아!"
운검이 나직이 입을 벌렸다.
위소소가 지극히 정당한 의문을 품었음을 깨달은 것이다. 그리고 시선을 자연스레 진영언 쪽으로 던진다.
"우리 도강한 후 어디로 가지?"
"그것도 모르고 여기까지 따라온 거야?"
"그래. 나는 일단 섬서성을 떠나야만 했고, 네가 피난처로 강남이 좋다고 했잖아."
"그래서 아무 생각 없이 여기까지 따라왔다는 거냐? 그 툭하면 사람의 심사를 꿰뚫어 보는 재주를 놔두고서?"
"나는 군자는 아니지만 몰염치한 녀석은 아니야. 전에는 나도 모르는 사이 남의 상념을 읽을 수 있었지만, 지금은 대충 조절할 수 있게 됐어. 그래서 네 동의도 받지 않고 속마음을 읽지 않았던 것이야. 물론 지금이라도 네가 동의를 해준다면 읽어볼 작정이지만 말야."
"사양하겠어!"
단호하게 운검의 제의를 거절한 진영언이 입술을 한차례 삐죽 내민 다음 말을 이었다.

"우리의 목적지는 백운산(白云山)이야."

"강서성의 백운산?"

"그래. 그곳이야말로 강남 녹림의 총본영이라 할 수 있는 곳이야. 설사 섬서성에서 추격자들이 떼거리로 몰려온다 해도 그곳에 도착만 하면 별일없을 거야."

"대단한 자신감이군."

"그냥 평범한 자신감이라고 하자. 나는 강남 녹림의 총표파자고, 백운산채는 강남 녹림에서 가장 험악하고 거친 녀석들이 모인 곳이니까 말야."

"그렇군."

운검이 대답과 함께 시선을 위소소에게 던졌다. 그리고 친절하게 한마디를 덧붙인다.

"위 소저, 질문에 대한 답은 되었소?"

"충분히."

"다행이오."

운검이 슬쩍 고개를 끄덕이며 웃어 보이자 진영언이 팔뚝을 세워 쿡 하고 옆구리를 찔렀다. 시선 역시 차가운 기운을 담고 있다.

"어째서 사람 차별하냐!"

"무슨 차별?"

"누구한테는 계속 존칭을 사용하고 나한테는 반말을 지껄이고."

"너도 나한테 반말하잖아! 진 소저!"

"이게!"

진영언이 울컥 화를 내려다 입을 다물었다. 문득 운검이 자신에게만 반말을 사용하는 게 꽤나 달콤하게 느껴졌기 때문이다.

힐끔.

자신도 모르게 위소소 쪽을 곁눈질한 진영언이 내심 중얼거렸다.

'구마련의 대공녀라고? 어째서 포로를 자처했는지는 모르겠다만, 내 운검에게 찝쩍대면 가만두지 않을 테다! 내 운검… 이거 좋은데!'

진영언이 피식 웃음을 보였다.

그때다. 돈을 받은 만큼 일을 한다고 했던 자신의 말을 지키기라도 하려는 듯 세 남녀는 아랑곳하지 않고 열심히 노를 젓고 있던 노옹(老翁)이 갑자기 나직이 부르짖었다.

"이런, 니미랄! 난리가 나버렸네!"

'난리……'

진영언이 눈에 이채를 담은 순간, 운검이 이미 노옹의 곁으로 다가서 있었다. 그는 노옹을 한차례 살피더니, 곧 시선을 넘실거리는 강물 쪽으로 던졌다.

"고래……"

운검의 중얼거림을 받아 노옹이 설명했다.

"거경선(巨鯨船)이구만. 저놈들이 근래 조용하다 싶더니 또 강물에다 배를 띄워부렸어."

"그럼 노를 빨리 저어야겠군요?"

"이 늙은이가 무슨 힘이 있다고 이것보다 더 빨리 노를 저어? 젊은이가 도와준다면 몰라도."

"죄송하지만 저는 노를 저을 줄 모릅니다. 하지만 어르신께서 가르쳐 주신다면 한번 힘을 써보지요."

"노 젓는 법이라는 게 그리 쉬운 줄 아는감? 게다가 앞에는 후레자식 같은 거경방의 거경선이 떠 있고 말여. 그러니까 일단 셈부터 다시 하자고."

"셈?"

"아, 거경선이 출몰했잖여! 그러니까 생명 수당을 더 받아야 쓰겠다는 말이여."

"아, 그 셈이요!"

운검이 사람 좋은 미소와 함께 한차례 고개를 끄덕여 보이곤 바로 손을 썼다. 노옹의 완맥을 때려 노에서 손을 놓게 만든 것이다.

"어이쿠! 어찌 그러는 겨?"

"말과 행동이 다릅니다?"

운검은 자신의 난화불혈수에 완맥을 얻어맞자마자 신형을 살짝 구부리며 품속으로 파고드는 노옹을 향해 웃어 보였다.

번뜩이는 칼날!

어느새 노옹의 다른 손에는 한 치 반 길이의 단도가 쥐어져 있었다. 엄살과 함께 운검의 품속으로 파고들어 복부에 칼질이라도 할 심산이었던 것 같다.

사람 잘못 골랐다.

운검은 슬쩍 무릎을 들어 올려 노옹의 단도 든 손을 가격했다.

툭!

역시 표미각이다.

이미 난화불혈수에 당한 터라 잔뜩 준비를 하고 있던 노옹이나 피해내긴 역부족이었다. 운검의 화산지학에 대한 깨달음은 이미 대종사의 반열에 올라 있는 상태였기 때문이다.

쿵!

결국 수중의 단도를 빼앗긴 노옹이 바닥에 엉덩방아를 찧었다. 평생 무공을 익힌 몸임에도 간단한 낙법조차 하지 못했다. 표미각에 담겨진 강렬한 내경에 내부가 크게 격탕해 다리에 힘이 완전히 풀려 버렸다.

빙글!

수중의 단도를 한차례 공중에 던졌다가 받아 든 운검이 입가에 차가운 미소를 담았다.

"이런 것도 셈에 포함되어 있는 겁니까?"

"으음……."

"게다가 어떻게 거경방의 거경선이 우리가 배를 띄우자마

자 모습을 드러냈는지도 이상하군요? 설마하니 나와 거래를 한 직후에 거경방에 사람을 보내서 알린 건 아닐 테지요?"

연달은 운검의 질문은 그저 요식행위에 불과했다.

그는 이미 눈앞의 노옹이 거경방과 밀접한 관계를 맺고 있음을 짐작하고 있었다. 이렇게 말을 받아주는 건 어떻게든 눈앞의 교활한 노옹을 구슬려서 강을 건너기 위함이었다.

노옹도 노회한 인물이다.

운검이 이미 자신과 거경방과의 관계를 충분할 정도로 짐작하고 있음을 눈치 챘다.

'니미랄! 이 천간노옹(天干老翁)이 말년에 정말 재수도 없구나! 어쩌다가 거경방 같은 후레잡놈들에게 꼬리를 밟혔으며, 또 이런 젊은 나이에 지랄맞게도 높은 무공을 지닌 놈을 만났더란 말이더냐!'

천간노옹.

장강을 거점 삼아서 수십 년간 활동해 온 사파의 고수였다. 그는 본래 도법(刀法)과 빼어난 수공(水功)으로 이름 높았는데, 몇 년 전 관부의 물건을 훔친 후에 종적이 묘연했다. 관부의 추격을 피해 은거에 들어간 것이다.

그런데 재수없게도 근래 들어 행적을 거경방에 들켜서 그들의 부탁대로 적벽 부근에서 억지로 연락책을 맡게 되었다. 또 더욱 재수가 없게 오늘 운검 일행을 만났고 말이다.

내심 욕설과 신세한탄을 절반쯤 섞어 중얼거린 천간노옹

이 입가에 한숨을 만들어냈다.
 "에휴우! 거경대부(巨鯨大父)란 놈도 한심하게 됐구나. 어쩌다가 이런 고수를 적으로 두었더란 말인고."
 '거경대부? 거경방의 방주겠군. 딱 이름에서 풍기는 느낌이 그래. 그런데 어째서 그자가 날 노리고 있었던 걸까?'
 내심 눈에 이채를 담은 운검이 천간노옹에게 말했다.
 "노인장, 어째 거경방에서 내가 적벽에 오기만을 기다리고 있었던 것 같습니다?"
 "당연하지! 그렇지 않았다면 어찌 노부 혼자만 어촌에서 배 주변을 어슬렁거리며 있었겠는가?"
 "그렇군요."
 천천히 고개를 끄덕여 보인 운검이 말했다.
 "그럼, 이제 다시 셈을 치르도록 하지요."
 "셈? 무슨 셈?"
 "노인장은 분명히 내게 강을 무사히 건너게 해주는 걸로 은자 다섯 냥을 받았습니다."
 "내 돌려주도록 하지. 노부를 놔주기만 한다면……."
 "셈이 다릅니다. 노인장은 우리를 거경방에 팔아넘겼고, 강을 무사히 건너게 해주지 않았을뿐더러 이 단도로 날 암습하기까지 했습니다."
 "그래서 이 살날도 얼마 남지 않은 늙은이의 목숨을 취하겠다는 건가?"

"그럴 생각은 없습니다. 다시 셈을 하자는 거지요."

'지독한 놈! 놀랍게도 거경선이 다가오고 있는 이때에 노부한테서 돈을 뜯어먹을 생각을 하다니!'

내심 욕설을 터뜨린 천간노옹이 얼른 품속을 뒤져 전낭을 꺼내서 운검에게 통째로 건넸다. 운검에게 받은 은자 다섯 냥에 더해 본래 가지고 있던 황금 열 냥까지 포함해서 돌려준 것이다.

운검은 사양치 않고 전낭을 받아 들였다.

대충 무게만 가늠해 봐도 꽤나 많은 돈이 들어 있다는 걸 알 수 있다. 굳이 전낭 안을 확인해 볼 필요는 없었다.

"일단 본전은 찾았고······."

"본전이라니! 그 전낭에 든 건 족히 열 배는 더 되는 금액인데!"

"···이 단도도 그냥 내가 가지도록 하겠습니다. 이걸로 다시 사람을 상하게 하면 안 되니까요."

"그건 노부와 평생을 함께한 대원금도(大元金刀)인데······."

"대원금도?"

운검이 자신의 수중에 놓인 단도를 살피니, 과연 은은한 금빛이 도신에 어려 있었다. 그냥 봐도 평범한 단도는 아닌 것이 분명했다. 이 대원금도야말로 천간노옹이 관부를 털어서 얻은 기물이었던 것이다.

"흠, 절금단옥 정도는 되는 단도겠군요?"

"그, 그렇네. 고작해야 절금단옥 정도밖엔 안 되는 보도라네. 그러니 그건 이 불쌍한 노인한테 돌려주게나!"

"싫습니다. 노인장처럼 흉악한 심사를 지닌 분께 이런 이기(利器)가 있다는 건 강도에게 좋은 칼을 들려놓은 것이나 다름없으니까요. 대신 노인장을 오늘은 그냥 놔드리도록 하지요."

"이……."

운검이 대번에 자신의 밑천을 완전히 털어버렸으나 천간노옹은 이를 악물었을 뿐 반론을 제기치 못했다. 그의 놀라운 무공 실력을 이미 경험한 바 있었기 때문이다. 게다가 그가 목숨을 살려주겠다고 하니 더 이상 토를 달아서 위험을 자초할 필요는 없다는 판단이었다.

그때 뒤에서 두 사람의 대화를 재밌다는 듯 듣고 있던 진영언이 불쑥 끼어들었다.

"이봐, 그 빌어먹을 늙은이를 놔주고 어쩌려고? 여기는 대강의 한복판이라구!"

"알아. 그래서 놔주려는 거야."

"뭐?"

진영언이 반문을 던진 것과 동시였다.

운검이 다소 안심하고 있던 천간노옹에게 다시 난화불혈수를 펼쳐 뒷덜미를 낚아챘다.

"엇! 이건 약속이 다르잖는가!"

"다르지 않습니다."

운검이 정중한 대답과 함께 천간노옹을 어선 밖으로 냅다 집어 던졌다. 이미 난화불혈수에 깃든 강렬한 내력에 기경팔맥이 완전히 제압된 천간노옹으로선 별다른 반항조차 보일 수 없었다.

"와!"

진영언이 운검의 사파를 능가하는 대범한 행동에 입을 가볍게 벌렸다. 얼굴 역시 감탄의 기색이 완연하다. 그를 만난 후 가장 통쾌한 행동이란 판단이다.

놀란 건 위소소 역시 마찬가지다.

그녀는 어느새 얼굴을 가리고 있던 방립의 챙을 젖히고 공중으로 크게 치솟아올랐다가 강물로 떨어져 내리는 천간노옹을 바라봤다.

'정말 어찌 행동할지 전혀 심사를 읽을 수 없는 사람이로구나!'

위소소가 운검을 묘한 시선으로 바라볼 때였다.

천간노옹이 떨어져 내리는 방향을 눈으로 대충 가늠한 운검이 갑자기 뱃전을 찍고서 훌쩍 하늘로 날아올랐다. 마치 자신이 집어던진 천간노옹의 뒤를 쫓으려는 듯이.

"헉!"

호호탕탕하니 물살을 가르고 있던 거경선 위.

고물 쪽에 한쪽 다리를 척 하니 걸치고서 전방을 감시하고 있던 수적의 뱁새눈이 갑자기 두 배쯤 커졌다.

그런 그의 동공 속에 비추인 광경.

느닷없이 어선 밖으로 던져진 천간노옹이 강물 위로 추락하는 장면과 그 뒤를 따라 하늘로 신형을 날린 운검의 천신과 같은 모습이다.

털푸덕!

뱁새눈의 수적은 자신도 모르게 뒤로 엉덩방아를 찧었다.

그런 그의 얼굴에 떠올라 있는 감정.

경악이다.

도저히 자신의 눈앞에서 벌어지고 있는 일을 믿기 힘들었다. 그런 심정이었다.

거경선에 속한 수적들이 모두 그리 멍청한 건 아니다.

슥!

거경선의 가장 높은 장소인 돛대 아래에 등을 기대고 있던 애꾸눈의 중년인이 볼살을 북북 긁었다. 곧바로 그의 입을 뚫고 쌍욕이 튀어나온다.

"씨발! 설마하니 물에 빠져 뒈지고 싶어서 저런 짓을 한 건 아닐 테고… 더럽게 센 새끼를 만났잖아! 물에 빠져 뒈질 물귀신 녀석들아, 빨랑빨랑 작살 들고 물속에 뛰어들지 않고 뭐하냐! 화살도 싸게 싸게 들어서 겨냥도 좀 하고!"

"알겠심다!"

"알겠심다!"

거경선의 책임자인 거경방 부방주 독안수마(獨眼水魔) 원상의 명이다.

감히 허투루 듣고 있을 수적들이 있을 리 만무하다.

잇단 대답과 함께 한 무리의 수적들이 수전 때 필수적으로 사용하는 작살과 분수아미자 등을 들고서 대뜸 물속으로 뛰어들었다. 곧 강물 속으로 빠져들 운검을 물속에서 격살시킬 요량이었다.

다른 무리도 있다.

그들은 재빨리 등에 메고 있던 대궁을 끄집어냈다.

시위에 화살을 재고서 하늘로 날아오른 운검을 겨냥했다.

이제 원상이 콧구멍을 쑤시던 손으로 명령을 내리기만 하면 당장 운검을 요격할 심산이었다.

그런데 바로 그때다.

공중에서 몇 차례 신형을 회전시킨 운검이 강물 위로 떨어져 내리더니, 놀랍게도 다시 뛰어올랐다.

마치 전설의 일위도강이나 수상보를 보는 듯한 신기!

"으아악!"

"케에엑!"

평생 처음 보는 놀라운 광경에 거진 비명에 가까운 경악성을 터뜨린 수하들의 뒤통수로 원상의 차가운 일갈이 달려들

었다.

"이 씨발놈들아! 저건 물 위를 밟고서 뛰어오른 게 아니라 물에 뜬 시체를 밟고서 뛰어오른 거다! 어디서 검선 여동빈이라도 나타났는 줄 아냐?"

"정말이다!"

"정말 물 위에 사람 시체 하나가 떠 있다!"

시체가 아니다.

운검이 먼저 강물로 집어 던진 천간노옹이었다.

그는 거경선의 이동 속도와 어선과의 거리를 가늠한 후 천간노옹을 징검다리로 삼았다. 그렇게 함으로써 강물을 가로질러 거경선에 도달하려 한 것이다.

원상은 노련한 수적이자 고수답게 운검의 그 같은 심사를 대번에 눈치 챘다. 내심 화들짝 놀라지 않을 수 없었다. 어찌나 크게 놀랐는지, 콧구멍을 파던 소지에 힘이 들어가서 코피까지 줄줄 쏟아내었다.

그러나 그는 이곳의 우두머리였다.

머지않아 장강수로십팔채를 제압하여 장강의 제왕이 될 거경방의 명실상부한 이인자였다. 제아무리 크게 놀랐다고 해서 다른 수적들처럼 입을 헤벌린 채 바보 흉내를 내고 있을 순 없었다. 그래선 안 됐다.

'씨발, 미치겠네! 대부는 도대체 어쩌자고 그 난쟁이의 부탁은 들어줘 가지고 이런 사단을 내는 거냐고!'

대원금도(大元金刀) 155

내심 욕설을 퍼부은 원상이 버럭 소리 질렀다.

"화살을 퍼부어! 제놈이 하늘을 제 맘대로 나는 새가 아닌 이상 공중에 저렇게 떠 있는 상태론 화살세례를 피할 순 없을 거다!"

"알겠심다!"

"알겠심다!"

이미 화살을 시위에 잰 채 대기하고 있던 수적들이 일제히 복명했다. 원상의 통솔력이나 능력이 범상치 않아서인지 곧 혼란이 수습되었다.

피피피피피피핑!

거경선에서 하늘을 가득 메우며 화살이 솟아올랐다.

'화살!'

운검은 천기노옹을 발디딤대로 삼아 공중으로 뛰어오른 후 곧바로 전력을 다해 거경선으로 날아갔다.

과거 내력을 삼성밖엔 사용치 못했을 때라면 가히 상상조차 할 수 없었던 신위!

경공 역시 화산파의 것은 아니었다.

비천비마영(飛天秘魔影)!

마정을 통해 얻어낸 구천마제 위극양의 독문신법이다. 그게 아니었으면 결코 공중에서 몇 번씩이나 신형을 회전시키며 거경선까지 날아갈 힘을 얻을 순 없었을 터였다.

그때 거경선에서 우박같이 화살이 날아들었다.

족히 수백 발!

그 이상일 수도 있겠다.

운검의 눈이 일시 빛을 발했다.

붉은 기운.

그 뒤엔 백색의 광채가 후광처럼 감돈다.

탈혼백안.

그것도 자하신공을 기본으로 삼아 펼쳐졌다.

그 순간.

운검을 노리며 거경선에서 쏟아져 나온 화살들이 느려지기 시작했다. 마치 시간이 느려지기라도 한 것 같다. 수백 발의 화살 하나하나가 흡사 손에라도 잡힐 듯 느리게 보인다. 탈혼백안의 공효다.

씨익!

문득 입가에 오만한 미소를 띄운 운검이 수중의 대원금도를 휘둘렀다.

번쩍!

그에 따라 일어난 자하의 광채!

십년마일검이다.

절금단옥의 보도에 담겨진 자하의 검기가 수백 발의 화살들을 하나도 남김없이 쓸어버렸다. 추풍낙엽이다. 가을날 바람에 떨어지는 낙엽같이 수백 발의 화살세례는 그 종언을 고

했다.

휘릭!

그와 함께 다시 비천비마영을 펼쳐 공중에서 신형을 회전시킨 운검이 거경선의 갑판 위로 떨어져 내렸다. 수백 발이 넘는 화살조차 그가 거경선에 도착하는 걸 막는 데는 역부족이었던 것이다.

"어! 어어어……."

수백 발이 넘는 화살세례를 아무렇지도 않게 뚫고서 거경선 위에 도착한 운검의 모습에 수적 하나가 입을 딱 벌렸다. 개중 가장 가까운 곳에 서 있던 자이다.

거경선에 속한 걸 제외하면 그야말로 평범한 인생.

적벽 부근에서나 거들먹거리는 수적이다. 어찌 이런 무림의 신화 속에서나 들어봤음직한 신위를 구경이나마 해본 적이 있었겠는가.

운검이 수적을 향해 질문했다.

"노형, 이 배의 책임자는 어딨소이까?"

"저, 저기에……."

수적은 운검의 부드러운 질문에 자신도 모르게 독안수마 원상을 가리켰다. 인식의 한계를 벗어난 현상을 경험한 터라 사람이 완전히 멍청해진 것이다.

원상이 이를 갈며 소리쳤다.

"이런 쳐 죽일 놈! 감히 날 팔아먹다니! 적은 한 명이다! 모두 한꺼번에 쳐라! 다구리를 놓으란 말이다!"

"알겠심다!"

"알겠심다!"

수적이나 녹림의 산적들이 가장 잘하는 게 다구리다. 고수가 별로 없는 터라 어떤 상황에서든 싸움만 일어나면 머릿수로 밀어붙이는 게 일상이었다.

운검을 향해 거경선 갑판 위에 있던 수적들이 일제히 달려들었다.

갈고리, 분수아미자, 작살, 대검, 단창까지……

수적들의 손에는 지극히 수적다운 기문병기들이 들려져 있다. 그것들이 노리는 건 전적으로 운검이었다. 일시 거경선 갑판 위엔 흉험한 살기가 가득했다.

운검은 관심조차 두지 않았다.

애초에 그의 시선은 휘하 수적들에게 일제 돌격을 명한 원상만을 바라보고 있었다. 그가 거친 말투와 달리 제법 고수임을 짐작하고 있었기 때문이다.

'괴이한 일이군. 전혀 낯이 익지 않은 얼굴인데, 어째서 날 기다리고 있었던 거지? 저런 눈에 확 띄는 얼굴을 내가 기억 못할 리 없는데… 엇!'

내심 염두를 굴리던 운검의 눈에 이채가 담겼다. 휘하 수적들에게 일제 돌격 명령을 내린 원상이 기대고 있던 돛대를 벗

어나 슬금슬금 뒤로 물러서는 모습을 발견한 때문이다. 이런 상황에서 떠올릴 수 있는 일이란 그리 많지 않다.

도주.

원상은 애초에 운검의 놀라운 신위를 보고 기가 완전히 죽은 상태였다. 오늘 거경선에 모인 자들이 몽땅 달려들더라도 운검의 상대가 될 리 없다는 걸 눈치 챈 것이다.

그래서 휘하 수적들을 방패로 삼아 도주하려 한 것인데, 하필 운검에게 딱 걸렸다.

'쓰레기군.'

내심 중얼거린 운검이 수중의 대원금도를 휘둘렀다. 목표는 가장 먼저 자신 앞에 도달한 수적의 분수아미자였다.

창!

분수아미자가 반 토막 났다.

그것만으로 끝일 리 없다. 오히려 시작이라 할 수 있었다.

스슥!

곧바로 신행백변을 펼친 운검의 손에서 대원금도가 현란한 빛을 번뜩이며 변화를 일으켰다.

검기 따윈 없었다.

단순히 변화만으로 운검은 삽시간에 십수 명이 넘는 수적들의 병기를 모조리 잘라 버렸다. 그들의 몸에는 생채기 하나 남기지 않았다. 그럴 만한 가치가 없다는 판단이었다.

슥!

그리고 금리도천파의 신법을 펼쳐 공중으로 한차례 신형을 띄워 올리자 어느새 배의 고물 쪽까지 물러서 있던 원상을 앞에 두고 있었다.

"수하들을 방패로 삼는 건 쓰레기나 하는 짓이야!"

"씨발!"

운검이 공중에서 펼친 표미각에 어깨를 걷어 채인 원상이 갑판 위를 데굴거리며 굴렀다. 일반적인 무림고수라면 차라리 목이 잘리는 한이 있어도 펼치지 않을 정도의 굴욕적인 행동이다.

당연히 표미각에 몸이 상해서가 아니다.

바닥을 구르자마자 벌떡 자리를 박차고 신형을 일으켜 세운 빠른 후속 동작만 봐도 그건 알 수 있다. 다만 그는 운검의 내력이 이미 후발제인(後發制人)의 경지에까지 올라 있다는 것까진 몰랐다.

하긴 알 수 있을 리가 없다.

전 무림을 통틀어도 내기를 이 정도로 정묘하게 조절할 수 있는 능력을 지닌 자는 몇 명이 채 안 되었다. 하물며 운검 나이 정도의 자들 중에선 있다는 게 기적이나 다름없다고 봐도 무방한 일이었다.

"이 씨발놈아! 내가 바로 거경방의 부방주인 독안수마 원상이다! 네놈이 그리 대단하니, 한번 강물 속에 들어가서 시원스레 수공으로 겨뤄보자!"

"싫소."

운검의 간명한 대답이 떨어진 것과 동시다. 틈을 봐서 강물 속으로 뛰어들려던 원상이 갑자기 바닥에 풀썩 주저앉았다. 흡사 두 무릎에서 연골이 쏙 빠져나간 것 같다.

"쌩… 놈……."

원상이 욕설과 함께 입 밖으로 피를 분수처럼 뿜어냈다. 이미 운검의 표미각에 담겨져 있던 자하신공이 오장육부를 온통 헤집어놓은 것이다.

"부방주님!"

"부방주님!"

손에 손에 반 토막 난 병기를 들고서 멀뚱하니 서 있던 수적들이 원상의 일패도지한 모습에 일제히 소리를 질러댔다. 하나같이 겁에 질려서 어찌할 바를 모르는 모습이다.

운검이 그런 수적들을 한차례 살핀 후 두 눈을 뜬 채 기절한 원상에게 다가갔다. 이대로 놔뒀다가는 원상이 내상을 극복 못하고 절명할 것 같아서다.

'마신흉갑의 마기에 대항하는 동안 자하신공과 융합된 마정으로 인해 얻은 내력이 생각보다 대단하구나! 내가 생각했던 것보다 더욱 무공이 높았던 원상이란 자가 아무것도 해보지 못하고 이리되다니…….'

내심 앞으로 본신의 내경을 사용할 때 특히 주의해야겠다 여기며 운검이 원상의 명문혈에 손을 가져다 댔다. 일단 운기

요상을 시켜서 목숨을 부지시켜야겠다 여긴 것이다.

"어푸! 어푸! 죽일 놈! 그게 어떻게 얻은 기물인데, 양심도 없이 빼앗아가다니!"

천간노옹은 운검에게 뒷덜미를 붙잡혀 강물에 빠진 후 한참이 지나서야 제정신을 차릴 수 있었다.

후발제인의 공력!

그것은 원상뿐 아니라 노회한 고수인 천간노옹에게도 여지없이 적용되었다. 그는 강물에 빠져서 거의 익사 직전까지 갔다가 가까스로 자맥질을 할 수 있게 되었다. 그제야 운검이 주입한 자하신공의 여력으로부터 풀려날 수 있었던 것이다.

목숨을 건지자 분노가 치밀어 올랐다.

그럴 수밖에 없다.

그는 대원금도 때문에 도망자의 신세가 되었다. 근자에 거경방주인 거경대부 공야숙에게 정체가 탄로나서 적벽의 염탐꾼이 된 것도 모두 그 때문이었다.

그런데 운검이 그 귀중한 물건을 순식간에 탈취해 갔다. 돌려주지도 않겠다고 한다. 분노로 인해 노구가 와들와들 떨리는 것도 무리는 아니었다.

그때다. 거경선에서 뛰어내린 수적들이 입에 단도를 물고, 손에는 분수아미자와 작살 등을 들고서 빠르게 자맥질해 왔다. 운검이 강물에 빠지면 수전을 벌일 작정이었다가 닭 쫓던

개 지붕 쳐다보는 격이 된 것이다.

'이 빌어먹을 거경방의 수적 놈들! 조용히 은거해서 대원금도의 비밀을 연구하고 있던 노부를 괴롭혀서 이런 사단을 만들어내다니!'

천간노옹은 분노를 풀 대상이 필요했다.

자칫 화가 머리끝까지 치솟아서 화병이 날 지경이었기 때문이다.

그 같은 때 수적들이 바로 코앞까지 자맥질해 왔다.

두 번 생각할 필요가 없었다.

사삭!

재빨리 한 모금 진기를 머금고서 물속으로 침수해 들어간 천간노옹이 수적들을 향해 빠르게 다가들었다. 어제의 동지가 오늘은 적이 되어버린 것이다.

第四十六章
승룡비천(昇龍飛天)
하늘로 오르는 용의 날갯짓이 천하를 떨어 울린다

華山
劍宗

잠시 후.

거경선 위에는 운검 일행이 전부 모였다. 진영언과 위소소가 어선에서 거경선으로 옮겨온 것이다.

더불어 거진 죽다 살아난 원상과 물속에 뛰어들었던 수적들을 모조리 결딴낸 천간노옹은 슬슬 운검의 눈치를 보고 있었다. 원상은 거경선을 단숨에 장악한 운검이 어떤 짓을 벌일지 몰라 두려웠고, 천간노옹은 어떻게든 대원금도를 돌려받으리라 마음을 다잡은 상태였다.

진영언이 거경선을 한차례 둘러본 후 입가에 흐뭇한 미소를 만들어냈다.

"수적노무 새끼들! 까불다가 완전히 박살이 났구나! 그런데 늙은 어부는 명도 길군. 물에 빠져서 뒈진 줄 알았는데, 여기서 다시 보게 될 줄은 몰랐어."

"허허, 예쁘게 생긴 여아의 말투가 험하기도 하시오. 이 늙은이가 비록 몇 가지 잘못을 범하긴 했으나 나이가 벌써 육순을 훌쩍 넘겼거늘……."

"그래서?"

"그러니까 이 늙은이가 험하고 거친 세상을 끈덕지게 살아온 세월을 생각해서……."

"그거 고려해서 대갈통을 날리지 않은 거야. 나도 수적 놈들과 비교해서 가히 성격이 좋은 편은 아니거든."

원상이 끼어들었다.

"하하, 대단하군! 대단해! 내 듣기로 강남 녹림의 총표파자인 홍염마녀 진영언의 성격이 웬만한 호걸보다 더 화통하다더니, 과연 명불허전이야!"

"호오?"

진영언의 시선이 원상을 향했다. 그의 앞섶은 얼마 전 운검에게 두들겨 맞고 뱉은 토혈이 아직 흥건했다. 얼굴 역시 병색이 완연해 내상이 제법 심각하단 걸 알 수 있었다.

'수적 놈! 운이 좋구나!'

빠르게 원상의 상태를 살핀 진영언이 한쪽 입술꼬리를 살짝 치켜 올렸다.

"그 말! 처음부터 날 노렸다고 생각해도 되겠지?"

"물론이오. 만약 진 총표파자가 적벽에 모습을 드러내지 않았다면 어찌 내가 거경선까지 몰고서 달려왔겠소이까?"

"재밌군. 그럼 어째서 그랬는지 물어봐도 될까?"

"방주가 시켰소이다."

"거경방주가?"

"그렇소. 나는 거경방에서 서열이 두 번째에 불과하니 어찌 첫 번째인 방주의 명을 어길 수 있었겠소이까? 그게 비록 오 척 단구에 여자나 밝히는 호색한의 부탁이었다곤 해도 말이오."

'오 척 단구에 호색한?'

진영언은 문득 떠오르는 얼굴이 있었다. 근자에 장강수로 십팔채를 위협할 정도로 세력을 키운 거경방의 방주를 움직일 만한 오 척 단구의 호색한이 세상에 그리 많을 리 없기 때문이다.

"권마 우금극?"

원상이 대답 대신 고개를 한차례 끄덕여 보였다.

그는 본래 강북 녹림의 총표파자인 권마 우금극이 거경방주인 거경대부 공야숙과 친교를 맺은 걸 가히 좋게 보지 않았다.

본래 강물이 우물물을 넘보지 않는다 했다.

녹림과 수적은 서로 간에 영역이 달랐다. 서로 간에 교류를

승룡비천(昇龍飛天) 169

한다는 것도 우스운데 연합해서 다른 영역의 녹림 우두머리를 잡는다는 건 아무리 생각해도 납득이 가지 않는 일이었다.

그는 몰랐다.

권마 우금극이 진영언을 적벽에서 붙잡으려 한 진짜 이유를.

진영언은 안다.

오싹!

그녀는 자신도 모르게 동그란 어깨를 한차례 떨어 보였다. 어느새 팔뚝엔 닭살까지 돋아 있었다.

'그 죽일 자라새끼! 내 종적을 찾지 못하자 강남으로 향하는 길목인 적벽에서 거경방주와 연합해서 숨어 있었구나! 이게 모두 저 멍청한 인간 때문이야!'

진영언의 차가운 시선이 운검을 향했다.

그런데 마침 그도 진영언 쪽을 바라보고 있었다.

불쑥!

엄지손가락 하나를 치켜세운 운검이 진심으로 감탄했다는 목소리로 말했다.

"진 소저, 정말 대단하시오!"

'이 인간이 어째서 갑자기 말투를 바꿨지?'

내심 경계하며 진영언이 입술을 삐죽거렸다.

"나는 본래 대단했어! 무슨 다른 말을 하려는 거야?"

"우 총표파자 같은 굳센 사내가 진 소저를 위해 불원천리

이곳까지 달려왔잖소? 이같이 아름다운 기사는 무림 전체를 뒤져 봐도 그 유래를 찾기가 쉽진 않을 것이오."

"너, 죽을래? 그리고 말투 바꿔."

"싫소! 우 총표파자가 나와 진 소저 사이를 의심한다면 불쌍한 노릇이 아니겠소?"

"이……."

당장 소매를 걷어붙이고 운검에게 달려들려던 진영언이 안색을 가볍게 붉혔다. 운검이 한 말속에 담긴 의미가 자못 심상치 않다는 생각이 든 까닭이다.

'그럼 역시 이 녀석이 나와 말을 튼 게 그런 의미였던 건가? 정말 그런 거야!'

진영언이 운검을 새삼스레 바라봤다.

그러나 그는 이미 진영언의 곁을 떠나서 원상에게 친근하게 굴고 있었다.

"이보시오, 부방주. 이젠 슬슬 거경방으로 돌아가야 할 때가 되지 않았소?"

"거, 거경방으로 안내하란 말이오?"

"그렇소. 나와 우 총표파자는 개인적으로 약간의 친분이 있소이다. 그러니 그가 감숙성을 떠나 이 먼 적벽까지 온 이상 가서 인사 정도는 나눠야 하지 않겠소?"

"그, 그렇지만 본 방에는 수적들이 최소한 수백 명은 상주하고 있는데… 괜찮겠소?"

"하하, 날 걱정하는 것이오?"

"그야, 당신은 내 목숨을 구해줬지 않소. 나 원상이 비록 수적질이나 해먹는 놈이긴 하나 은원은 항상 분명히 해왔소. 당신이 내 목숨을 구해줬으니, 스스로 죽으러 가는 꼴은 그냥 두고 볼 수 없지 않겠소?"

"우 총표파자가 진 소저를 붙잡아올 뿐만 아니라 내 목숨도 없애란 부탁을 한 모양이지요?"

"……"

원상이 침묵으로 대답을 대신했다.

운검은 이미 대충 짐작하고 있었던 터라 더 이상 채근하진 않았다. 대신 입가의 친근한 미소를 더욱 짙게 한 후에 말했다.

"원 노형, 그럼 이렇게 합시다."

"어떻게?"

"원 노형이 이번 한 번만 날 도와주시오. 그러면 원 노형이 내게 진 빚은 깨끗이 없어지는 걸로 하겠소."

"정말이오?"

"물론이오."

운검이 자신의 가슴을 두드리자 원상이 애꾸눈 가득 우려와 의혹의 빛을 담았다. 왠지 미심쩍은 느낌이 들었기 때문이다.

*   *   *

 바위섬.

 수풀이 우거진 그곳은 적벽을 따라 흘러가는 강물의 지류가 한차례 용틀임을 했다가 넓어지는 중간에 위치해 있었다.

 아마도 꽤나 오래전 대홍수가 났을 당시에 강물을 따라 흘러내린 토사가 주변 산을 뒤덮어서 생겨난 것임이 분명하다. 그렇지 않다면 어찌 도도히 흐르는 대강의 한복판에 이런 바위섬이 생겨날 수 있겠는가.

 그 바위섬이야말로 근래 적벽 인근에서 맹위를 떨치고 있는 거경방의 총수채였다.

 당연하달까?

 멀리서 볼 때는 정말 볼품이 없었으나 점차 거리가 가까워오자 슬슬 수채 특유의 삼엄한 경계경비가 이뤄지고 있었다.

 해안에 군데군데 세워진 목책.

 중간중간 보초가 서 있고 꽤나 멀리까지 확인할 수 있는 전망대도 풀숲 사이로 삐죽 솟아올라 있었다. 언젠가 토벌대를 편성해 달려들 관군이나 장강수로십팔채에 대한 대비용이었다.

 거경각.

 거경방의 방주인 거경대부 공야숙의 거처에선 술판이 한

창이었다.
 주인석인 태사의에 앉은 공야숙과 귀빈석의 권마 우금극.
 좌우로는 십수 명의 거경방 소두령들이 흐트러진 옷차림을 한 채 앉아 있다.
 뿐만 아니라 그들의 주변엔 술동이가 산처럼 쌓여 있고, 십여 명의 제법 미모가 반반한 젊은 여인들이 반라 차림으로 술시중을 들고 있었다.
 물론 가장 예쁜 여인들은 공야숙과 우금극에게 찰싹 달라붙어 극진한 태도로 술시중을 들고 있었다. 두 명 모두 공야숙이 반년 전 항주로 놀러 갔다가 보쌈해 온 유명한 기녀들이었다.
 수적의 우두머리답지 않게 거상(巨商)의 풍채를 가진 오십대의 공야숙이 우금극에게 정중하게 말했다.
 "우 노형, 강남에는 미인이 넘쳐 난다오. 특히 소주와 항주의 미녀는 대단하지요. 이 소교와 소홍, 두 아이만 해도 항주의 기루에서는 그리 대단한 미모는 아니라고 할 수 있소이다."
 "허어, 그렇소이까?"
 우금극이 자신을 정성껏 시중들고 있는 소홍이란 기녀를 바라봤다.
 붉은 입술, 한 손에 들어올 듯 가느다란 허리, 봉긋하니 예쁜 가슴까지……

쉽사리 볼 수 없는 빼어난 미인이었다.

그런데 항주의 기루에서는 그저 평범한 축에 드는 기녀라니, 내심 크게 마음이 동하는 걸 느꼈다. 본래 영웅은 호색이라 미인을 마다할 리 없는 까닭이다.

그 같은 우금극의 표정 변화를 눈으로 살핀 공야숙이 은근한 표정으로 말했다.

"우 노형, 그러지 말고 이번 일이 끝나면 소제와 함께 항주로 여행이나 가는 게 어떻겠소이까? 내 명예를 걸고 이 소홍이보다 몇 배 아름다운 절세미인을 우 노형한테 안겨주겠소이다."

"공야 방주의 호의는 고맙게만 받겠소이다. 이 우 모는 이래 봬도 일편단심(一片丹心)올시다."

"그, 그렇소이까……."

공야숙이 떨떠름한 대답과 함께 내심 고개를 가로저었다. 우금극쯤 되는 호한이 마녀라 불리는 진영언에게 홀딱 빠져서 정신을 못 차리는 게 어처구니없어서였다.

'공야숙, 날 계집의 치마폭에 빠져서 허우적거리는 멍청이라 생각하겠지. 하지만 당신도 어차피 남의 하수인에 불과하잖은가! 이런 계집질 따위로 소일이나 하면서 날 무시하면 안 되지. 나도 그 무서운 자를 만나지 않았다면 이런 바보 같은 짓거리를 하러 감숙을 떠나진 않았을 거란 말씀이야.'

우금극이 공야숙을 힐끔 바라본 후 회한에 찬 표정이 되었

다. 전날 자신의 본거지인 풍암산채를 찾아왔던 장대한 체격의 마왕이 떠올라 버린 것이다.

풍암산채.
운검과 진영언이 떠나간 후 우금극은 한동안 술통에 빠져 살았다.
강호에서의 체면.
강북 녹림의 총표파자란 위치.
그것이 우금극을 괴롭게 만들었다. 내심 어떻게 해서든 다시 진영언을 붙잡아 들이고 싶었으나 운검과의 약속―거의 사기당하다시피 치른―때문에 그럴 수가 없었다. 모두 그놈의 체면과 위치 때문이었다.
그래도 뒤늦게 찾아온 사랑이다.
쉽사리 포기할 수 있을 리 만무하다.
우금극은 미칠 것 같은 심정을 술로 풀 수밖에 없었다. 달리 어찌해 볼 도리가 없었다.
그때 그가 찾아왔다.
밤중에 마치 도둑처럼 풍암산채를 찾아왔다. 비록 술에 대취해 있었다곤 하나 초절정을 넘보는 우금극의 침실, 머리맡까지 무인지경처럼 찾아들었다.
"권마 우금극."
"으음… 헉……!"

우금극은 귓전에서 울려 퍼진 중저음의 목소리에 놀라 숨을 한차례 깊게 들이마셨다.

그러자 단전의 깊은 곳에서 한 모금의 호흡과 함께 용암의 분출과도 같은 진기가 솟구쳐 올랐다. 그리고 삽시간에 우금극의 혈맥 속을 둥둥 떠다니고 있던 술기운을 빠르게 증발시켜 버렸다.

순식간에 벌어진 일.

우금극은 그것만으로 만족하지 않았다.

그냥 안주하지도 않았다.

탁!

손바닥 하나를 침상 한 켠에 갖다 댄 우금극이 비상을 알리는 끈을 잡아당기려 했다. 자동적으로 그리했다. 설명은 길었으나 이 중저음의 목소리를 듣고 놀란 신음을 토해낸 것과 거의 동시에 벌인 일이다.

그러나 우금극은 비상용 끈에 손가락 하나 가져다 대지 못했다. 그럴 수 없었다. 또다시 그의 귓전으로 예의 중저음의 목소리가 들려왔기 때문이다.

"그 끈을 잡아당기는 순간이 우금극, 당신의 목숨이 끝나는 때일 것이야."

'거짓말이 아니다! 온몸에 닭살이 돋았으니, 이미 내 호신기공은 깨진 것이나 다름없어!'

우금극은 노련한 무림의 고수다. 쉽사리 자신의 목숨을 걸

고서 모험을 벌일 정도로 무모한 성격도 아니었다.

결국 우금극이 비상용 끈을 잡아당기는 걸 포기하자 그의 면전으로 한 명의 장대한 사내가 모습을 드러냈다.

얼굴을 가로지른 기다란 검상.

그와 함께 숨을 쉴 때마다 파도를 일으키는 가슴의 두터운 근육의 산맥은 사내를 강렬하게 특징짓고 있었다. 누구든 한 번 보기만 하면 결코 잊을 수 없는 인상으로 말이다.

그러나 우금극은 내심 고개를 가로저었다. 눈앞의 사내와 같은 자가 무림 중에 있다는 소문을 전혀 들어본 바가 없었기 때문이다.

당연하다.

그는 다름 아닌 얼마 전 대막의 파단고림사한을 떠나 중원으로 들어선 사우영이었다. 중원에 처음으로 들어선 사람이니, 우금극의 견식이 비록 높다 해도 알 수 있을 리 없다.

사우영이 말했다.

"북녹림십팔채의 정보력이 제법 괜찮다고 들었다. 내가 이제부터 좀 사용해 볼까 하는데, 동의하는가?"

"풍암산채도 아니고 북녹림 전체를 내달라고 하는 것이오?"

"내가 알고 싶은 정보만 알려주면 돼. 녹림도의 무력 따위는 관심 밖이니까."

"건방진!"

우금극이 버럭 노성을 터뜨렸다. 이미 운기는 끝난 상태였다. 술기운도 만 리 저편으로 날려 버렸다. 계속 자기 나이의 절반밖엔 안 되어 보이는 사우영의 오만한 소리를 듣고 있을 까닭이 없었다.

 우룽!

 우금극의 주먹이 떨쳐지자 일시 뇌성벽력과 같은 굉음이 일었다.

 금강항마기공이 실린 일권!

 우직하나 벼락이나 다름없는 기운이 실린 일권이 사우영의 안면을 노리며 파고들었다.

 콰직!

 무언가 부서지는 소리.

 사우영의 안면은 아니었다. 오히려 주먹을 날린 우금극의 얼굴이 가벼운 경련을 일으키고 있었다. 철벽조차 박살 낼 수 있는 금강항마기공이 사우영의 얼굴 바로 앞에서 멈칫하더니, 순식간에 역류해 버린 것이다.

 "금강항마기공? 놀랍군. 녹림 산채의 두목이 소림의 칠십이절기 중 하나를 알고 있다니 말야. 그것도 거의 십성의 경지에 근접할 정도로."

 "어, 어찌······."

 "어떻게 금강항마기공을 되돌렸냐고?"

 "그, 그렇소. 나는 한 번도 이 같은 신공이 있다는 소문을

들어본 적이 없거늘……."

 "대종교의 마황십도. 그중 하나인 호신기갑(護身氣甲)이란 거야. 익히긴 좀 어렵지만 꽤나 쓸 만하지. 어떤 천하의 기공이나 강기공도 모조리 몇 배의 힘을 더해서 돌려보낼 수 있으니까."

 "대, 대종교… 설마 대막마신(大漠魔神)의 제자시오?"

 "호오, 사부님을 아나?"

 '맞구나!'

 우금극은 내심 탄성을 터뜨렸다.

 대막과 거리상 그리 멀지 않은 감숙성이다. 자연스레 지난 백여 년간 새외제일고수로 불렸던 대종교 대존주인 대막마신에 대한 전설적인 소문을 수차례에 걸쳐 들어왔다.

 "대종교는 대막뿐 아니라 새외제일의 세력을시다. 뿐만 아니라 대막마신 선배님은 그야말로 새외제일고수이시지 않소이까? 어찌 우 모가 그 전설적인 명성을 모를 수 있겠소이까?"

 "그런가? 사부님의 명성이 사실 중원에까지 퍼져 있었다니, 그건 몰랐군."

 "사실 중원의 무림인들 중에서도 대막마신 선배님에 대해 아는 자는 그리 많지 않소이다. 워낙 오래전에 명성을 떨쳤던 분이시니까요. 하지만 우 모는 대막과 가까운 감숙성에서 평생을 보낸 터라 대막마신 선배님의 명성을 접할 수 있었던 것

입니다."

 어느새 우금극은 사우영에게 존대를 하고 있었다. 그가 대막마신의 제자라면 무림 중의 항렬로만 봐도 우금극보다 높다고 할 수 있었다. 압도적인 무공에 이미 크게 주눅이 들었던 터라 자연스레 존대를 하게 되었다.

 사우영이 입가에 굵직한 미소를 매달았다.

 "그건 알겠고. 그러니 이젠 내 요청을 들어줄 생각이 들었나?"

 "그저 북녹림의 정보력만을 필요로 하시는 겁니까?"

 "그래."

 "그건 어렵지 않습니다. 하지만 한 가지만 물어봐도 되겠습니까?"

 "대종교에서 중원침공에 나선 것이냐고?"

 "그, 그렇습니다."

 사우영의 입가에 매달려 있던 미소가 더욱 짙어졌다.

 "그건 아직 몰라. 모든 것은 내 능력에 달렸다고 봐야 할 테지."

 "……."

 우금극은 입을 굳게 다물었다. 눈앞의 사우영에게서 압도적인 어떤 기운을 느꼈기 때문이다.

 사우영과의 첫 만남.

우금극의 인생을 완전히 뒤바꿔 놓은 대사건이었다.

그를 만난 후 우금극은 강북 녹림십팔채의 총표파자가 아니라 대종교의 중원침공 하수인이 되어버렸다. 대막에서 감숙을 통해 들어오는 대종교의 무인들을 접대하고, 휘하 녹림도들에게 입수한 무수히 많은 정보를 갖다 바쳤다. 내심 회한이 없을 리 만무했다.

'후우, 대종교의 소존주 사우영. 정말 대단한 인물이야. 비록 내 도움이 있었다곤 하나 중원에 들어선 후 몇 개월 되지도 않아서 서패 북궁세가를 장악하고, 장강수로십팔채를 위협할 정도인 거경방을 휘하에 거둘 줄이야!'

우금극이 내심 고개를 절레절레 흔들고 있을 때였다.

갑자기 연회가 벌어지고 있던 거경각 안으로 우당탕 소리와 함께 소두목 한 명이 뛰어들어 왔다. 제비뽑기에 재수없게 걸리는 통에 연회가 열리는 중 수채의 총방어를 맡게 된 자였다.

공야숙이 위엄있는 표정으로 말했다.

"녀석! 귀빈이 있는 자리에서 웬 호들갑이더냐! 원 부방주가 돌아온 것이겠지?"

"그렇심다! 그것도 한 무리의 포로들을 붙잡아서 돌아왔심다!"

"그래?"

대수롭지 않다는 듯 고개를 끄덕이는 공야숙과 달리 우금

극은 화들짝 놀랐다. 그는 품속에 찰싹 달라붙어 있던 기녀를 뒤로 밀어버리고 대뜸 자리에서 일어섰다.

"소형제, 포로 중 붉은 무복을 걸친 절세미인이 있었는가?"

"그게… 얼굴까지는 확인 못했고, 붉은 옷을 걸친 계집이 있었던 것 같기는 합니다만……."

"이런!"

우금극이 나직이 부르짖고 곧 연회장을 벗어나려 했다. 진영언이 거친 수적들의 손에 붙잡혔다고 생각하자 마음이 크게 다급해졌다. 자신에 버금가는 고수인 그녀 할지라도 강물 속에서는 수적들의 상대가 되지 않으리라 여긴 것이다.

공야숙이 그런 우금극을 제지했다.

단 한 마디로 그리했다.

"우 노형, 내 이미 원 부방주에게 언질을 줬소이다."

"그렇소이까?"

"아무렴요. 내 어찌 우 노형의 심중을 이해하지 않았겠소이까?"

"……."

우금극의 얼굴에 슬쩍 붉은 기운이 돌았다. 공야숙에게 자신의 심정을 완전히 들켜 버렸다는 생각이 들었기 때문이다.

'나중에 공야숙, 이자에게 따로 사례를 해야겠구나! 그 마왕 같은 소존주의 명령과 별도로 이렇게 내게 신경을 많이 써

주고 있으니까.'

녹림이나 수적이나 다를 게 없는 일이 있다.

은원을 분명히 하는 것이었다.

우금극은 후일 공야숙이 장강수로십팔채와 자웅을 결할 때가 오면 크게 도움을 줘야겠다 여겼다.

잠시 후.

연회를 대충 파한 거경각 안으로 단단히 결박된 세 명의 남녀가 모습을 드러냈다. 운검과 진영언, 위소소 일행이었다.

그들의 곁에는 원상과 천간노옹이 다소 어두운 표정으로 걸어오고 있었다. 얼마 전 거경선에서 내린 후 곧바로 운검 일행을 연행해 거경각에 이른 것이다.

우금극이 다소 초췌해 보이는 진영언의 얼굴을 확인하고 귀빈석에서 벌떡 일어서려다 억지로 참았다. 그는 이곳에서 어디까지나 손님이었기에 함부로 움직일 수 없었다.

공야숙이 그런 우금극의 행태를 슬쩍 살핀 후 근엄한 표정으로 운검 일행을 하나하나 눈으로 살폈다. 문득 뇌리를 스쳐 가는 의문이 하나 있다.

'원상과 천간노옹이 비록 수전에 능하다곤 하나 절정 급의 고수는 아니다. 내 듣기로 홍염마녀 진영언은 강남 녹림을 대표하는 고수라 하던데, 어찌 원상과 천간노옹 모두 멀쩡한 것일꼬? 설사 진영언과 동행한 자들이 허수아비라고 해도 제압

하기 위해선 적지 않은 공력을 들였어야 했을 터인즉!

내심 염두를 굴린 공야숙이 원상을 차갑게 노려보며 엄하게 말했다.

"원 부방주, 대공을 세운 걸 축하하네! 그런데 이끌고 갔던 아이들 중 상한 애들은 몇이나 되었는가?"

"그게……."

원상이 곤란한 표정으로 말끝을 흐릴 때였다.

파파팟!

사람의 귀청을 울리는 날카로운 소음과 함께 운검과 진영언의 몸을 결박하고 있던 포박이 세 조각으로 나뉘어 날아올랐다. 애초에 그저 묶인 시늉만 되어 있었을뿐더러, 내공 역시 제압되지 않은 상태였음을 보여주는 모습이다.

공야숙이 대경해 소리쳤다.

"원상! 네가 감히 적과 내통해서 모반을 획책하려 하다니!"

"아닙니다! 그런 게 아니에요!"

원상은 억울하다는 듯 연신 양손을 내저어 보였다. 사실 그와 천간노옹이야말로 운검의 독문점혈수법에 내공이 완전히 금제되어 있었다. 그래서 어쩔 수 없이 이 한 편의 연극에 동참할 수밖에 없었던 것이다.

그러나 이미 공야숙은 대노해서 소리를 질렀고, 상황은 원상과 천간노옹이 거경각으로 향하던 중 생각했던 최악으로 진행되고 있었다.

차차차차창!

거경각 내부에 도열해 있던 소두령들이 일제히 각자의 독문병기를 빼 들었다.

공야숙의 일갈에 대한 당연한 반응이었다.

원상의 항변은 씨알도 먹히지 않았다. 아예 듣지도 못한 것 같았다.

운검이 움직임을 보인 건 바로 그때였다.

슥!

단 일보를 내딛는 것만으로 삼 장의 거리를 단축한 운검의 검결지된 손가락이 좌우로 종횡을 보였다. 어느새 그의 앞을 가로막아 선 소두령 두 명을 향해 공격해 들어간 것이다.

"크헉!"

"허억!"

두 소두령의 입에서 비명이 터져 나왔다. 순식간에 운검의 검결지로부터 쏟아져 나온 두 개의 검기와 맞닥뜨렸다. 마혈이 제압되어 바닥을 나뒹군 건 바로 다음에 벌어진 일이었다.

운검은 거기에서 그치지 않았다.

다시 그가 양손의 소맷자락을 기쾌하게 좌우로 휘두르자 분분히 달려들던 나머지 소두령들이 일제히 바닥으로 나뒹굴었다. 어느새 수중에 넣어뒀던 동전으로 암향십삼탄을 펼쳐서 후환을 없애 버린 것이다.

그야말로 사람을 놀라게 만드는 신위!

"대단하다!"

공야숙이 경탄을 터뜨리며 태사의를 박차고 일어섰다. 곁에는 어느새 금강항마기공을 극성까지 끌어올린 우금극이 어깨를 나란히 하고 있었다. 풍암산에서 헤어진 후 운검의 무위가 상상을 불허할 정도로 상승했음을 눈치 챈 까닭이다.

그때다.

자신의 배후로 다가들던 소두령 두 명을 일권일타의 수법으로 때려눕힌 진영언이 한줄기 바람이 되어 날아들었다. 그녀의 목표는 처음부터 독기를 품고 있던 우금극이었다.

"이 늙은 호색한 새끼! 이번에야말로 죽여 버릴 테다!"

"어, 언 매……."

"누가 니 언 매냐! 이 호색한아!"

"……."

진영언의 악독한 냉갈에 우금극이 충격받은 표정이 되었다.

전날.

운검은 풍암산채를 쉽사리 떠나기 위해서 우금극에게 감언이설을 서슴지 않았다. 진영언이 우금극에 대해서 그리 나쁜 마음을 품지 않았고, 그의 진정에 대해 심사숙고 중이라 말했다.

만약 그 같은 말을 듣지 않았다면 어찌 우금극이 진영언을 그리 쉽사리 풍암산채에서 떠나가게 놔뒀겠는가!

'내가 저 빌어먹을 자식한테 속았었단 말인가!'

우금극은 가까스로 정신을 차린 후 운검을 죽일 듯이 노려봤다.

진영언이 우금극의 그 같은 심사를 이해할 수 있을 리 없다.

그녀는 자신을 앞에 두고서도 시선을 운검 쪽에 던지는 우금극의 모습에 두 눈을 분노로 물들였다. 전날 풍암산채에서 맞붙었을 때처럼 여전히 무시를 당하고 있다는 생각이 든 까닭이다.

'이 오만한 호색한 새끼! 내 오늘은 반드시 강남 녹림의 무위가 결코 강북 녹림에 못하지 않다는 걸 입증하고 말 테닷!'

내심 이를 악문 진영언이 다시 불영신법을 펼쳤다. 근래 들어 더욱 정묘해진 광풍백연타가 그 뒤를 따랐음은 물론이다.

팍!

파파파파팍!

일권일타의 동작이 끝나기도 전에 진영언의 권각이 폭풍처럼 우금극의 전신을 휘감았다. 근래 더욱 진보한 불영신법의 힘을 빌린 터라 그 빠르기가 가히 전광석화를 방불케 한다.

"웃!"

우금극은 기겁해서 운검에게서 시선을 떼어낸 후 허겁지겁 금강항마기공의 호신기막을 만들어냈다. 그리하지 않고

선 진영언의 급작스런 광풍백연타를 막을 수 없다는 판단이었다.

그의 예상은 정확했다.

삽시간에 그의 전신이 진영언의 광풍백연타에 두들겨졌고, 곧바로 강력한 반탄지기를 일으켰다. 가만히 선 채로 진영언의 광풍백연타를 받아낸 것이다.

휘릭!

진영언은 최후의 일각으로 우금극의 태양혈을 공격한 후 곧바로 신형을 뒤로 빼어냈다. 우금극이 순간적으로 일으킨 금강항마기공의 호신기막에서 일어난 반탄지기를 감소시키기 위해서였다.

스슥!

그사이에 우금극은 신형을 뒤로 몇 걸음 물릴 여유를 얻게 되었다. 뒤로 물러서는 그의 발걸음에 따라 바닥이 움푹움푹 패어 들어갔다. 그 정도로 강력한 금강항마기공을 펼치고 있다는 증거였다.

강남북 양대 녹림의 수장들 간의 대결!

그 두 번째가 이제 본격적으로 펼쳐지려 하고 있었다.

힐끔.

운검은 진영언이 우금극을 공격해 들어가자 한차례 시선을 던지곤 곧바로 눈앞의 공야숙에게 집중했다. 단숨에 휘하 소두령들을 쓸어버린 운검의 무위를 목도하고도 표정의 변화

가 전혀 없는 그의 모습에 살짝 흥미가 동해왔다.

'무공은 결코 권마 우금극보다 뛰어나지 않다. 하지만 저 자에겐 다른 무언가가 있어. 그게 뭘까?'

운검은 이제 거진 자유자재로 사용할 수 있게 된 천사심공을 이용할까 하다가 마음을 고쳐먹었다. 굳이 그럴 필요성을 느끼지 못했기 때문이다.

공야숙이 운검을 향해 대범하게 웃어 보였다.

"소형제의 무공이 대단하군. 과연 명불허전이야."

"명불허전?"

"몰랐는가? 섬서성 서안의 북궁세가에서 자네가 펼친 대활약은 이미 천하무림에 소문이 자자하다네! 하늘로 날아오르는 용의 날갯짓이 천하를 떨어 울린다고 말일세."

"지나치게 거창하군. 그래서 나한테 그에 걸맞은 별호라도 붙여준 것이오?"

"허어!"

나직이 혀를 찬 공야숙이 설명하듯 말했다.

"승룡비천검(昇龍飛天劍)! 소형제의 별호라네."

"승룡비천검이라……."

자신도 모르는 사이 붙여진 별호를 되뇌어본 운검이 입가에 피식 비웃음을 담았다. 역시 너무 거창해서 부담스럽다는 생각이 든 까닭이다. 그리고 곧바로 질문을 던진다.

"거경방주, 어째서 적벽에서 진을 치고 나를 기다리고 있

었던 것이오?"

"자네가 승룡비천검인 탓이네."

"전날 북궁세가에서 섬서무림인들을 몰살시키려 했던 세력과 한패로군?"

"이해가 빨라서 좋구만."

여전히 대범한 표정을 한 채로 공야숙이 널따란 소맷자락 속에서 기다란 철통 하나를 끄집어냈다.

전체적으로 동글한 모양의 원통.

운검을 향한 쪽에는 촘촘할 정도로 많은 구멍이 뚫려져 있었다.

공야숙이 차갑게 미소 지었다.

"이 기묘한 장치는 신기연환총통(神技連環銃筒)이라 불리는 기물이라네. 안에는 강력한 용수철이 장치되어 있고, 수백 개가 넘는 세침이 내장되어 있지."

"그 세침에는 극독이 묻혀져 있고 말이오?"

"본래 커다란 암기에는 독이 없고, 작은 것에는 독이 있는 법이지. 삼보추혼(三步追魂)의 독일세. 세 걸음 안에 심장이 멎게 만드는 극독이지."

"그런데 하필이면 당신과 나는 지척이나 다름없을 정도로 가깝군요?"

"그렇지. 나는 제아무리 자네가 승룡비천검이라곤 하나 이 신기연환총통의 수백 개가 넘는 세침을 모조리 피할 수 있으

리라곤 보지 않네. 자네의 생각은 어떠한가?"

"하하!"

운검은 나직이 한차례 웃어 보였다.

꽤나 통쾌한 표정이다.

공야숙은 오히려 긴장했다. 이런 식으로 자신을 안심시킨 후 급습해 올 거라 여긴 것이다.

운검은 그리하지 않았다.

웃음을 멈춘 운검이 목 부근을 한차례 흔들곤 공야숙에게 손가락 하나를 내밀어 까닥거려 보였다.

"거경방주, 그 신기연환총통이란 거 사용해 보시오. 내가 근래에 침세례를 받는 것에 꽤나 익숙해져서 그 삼보추혼독이 묻혀진 세침 따위는 그리 두렵지가 않소."

"허세가 대단하군!"

"허세라……."

운검이 말끝을 흐리고 쓸쓸하게 웃어 보였다. 여전히 그의 상반신 전체의 혈도를 빠짐없이 강침으로 박아 넣고 있는 마신흉갑이 떠올랐기 때문이다.

스슥!

이번에는 운검이 움직임을 보였다.

그는 말끝을 흐린 것과 동시에 신행백변을 펼쳐 지척의 공야숙을 덮쳐 갔다.

진영언의 불영신법이 무색할 정도의 속도!

화산파 제일이라 일컬어지는 변화 역시 대번에 사람의 눈을 어지럽게 만든다.

 공야숙 역시 당황했다. 설마하니 진짜로 운검이 자신을 덮쳐 올진 몰랐기 때문이다.

 그러나 그 역시 절정 급의 고수다. 그냥 허세만으로 거경방의 방주가 된 것은 아니었다. 게다가 수중에는 천하에 보기 드문 기병이 쥐어져 있었다.

 "명을 재촉하는구나!"

 차가운 일갈과 함께 발끝으로 지축을 찍었다.

 일단 운검과의 거리를 벌리려는 의도.

 순식간에 태사의를 밟고 뒤로 뛰어오른 공야숙에게서 갑자기 아찔한 은빛의 폭포가 쏟아져 나왔다. 기어이 신기연환총통을 발사한 것이다.

 "저건……."

 격전지로부터 홀로 떨어져 있던 위소소는 눈에 이채를 발했다.

 운검을 노리며 쏟아진 은빛의 폭포수!

 신기연환총통과 그 속에 담겨진 세침에 발라진 삼보추혼독은 다름 아닌 구마련의 비전병기였다. 그녀는 구마련의 대공녀이니 한눈에 알아볼 수 있었다.

 그런데 어째서 구마련의 비전병기가 이런 곳에서 모습을

승룡비천(昇龍飛天) 193

드러낸 것일까?

위소소는 아름다운 아미를 살짝 찡그려 보였다.

혼란.

천사심공의 주인을 찾아 천산을 떠나온 이래 갈수록 가중되어만 가고 있었다. 눈앞의 운검이 그러했고, 느닷없이 구정회로 귀순해 버린 혈군자 당무결이 그러했으며, 지금의 믿지 못할 상황이 또한 그러했다.

'하지만 그런 것들보다도 더욱 혼란스러운 건 근래 변해버린 나 자신일 것이다. 소수현마경을 연마하면서 좋았던 것은 불필요한 인간적인 감정에 더 이상 휘둘리지 않게 된 것이었는데 지금은 그저 혼란스러울 뿐이야. 앞으로 무얼 해야 할지도 모르게 되어버렸고.'

내심 혼란스런 감정에 빠진 위소소의 배후로 살금살금 다가드는 그림자 하나가 있었다.

천간노옹이다.

그는 운검에게 비록 기해혈이 제압되어 무공이 금제되긴 했으나 외가공력은 어느 정도 사용할 수 있었다. 일반적인 삼류무인 정도의 능력은 가지고 있다는 뜻이다.

그런 상황에서 그는 뒤에 홀로 남겨진 위소소에게 관심을 기울였다.

격전의 와중임에도 미동조차 않고 있는 모습.

게다가 거경선으로 옮겨 탈 때도 운검의 도움을 받았다.

무공을 아예 익히지 않았거나 극히 미약한 수준일 거란 의심을 가지지 않을 수 없다.

천간노옹은 승부를 걸어야 할 때라 판단했다.

지금이 아니면 그의 평생을 걸었던 대원금도를 회수할 기회는 다시 오지 않을지도 몰랐다.

'대원금도의 비밀을 밝혀내지 못한다면 내 평생은 그저 헛되다 할 것이다! 결코 저 빌어먹을 녀석한테 이대로 빼앗길 순 없어!'

천간노옹은 내심 굳게 마음을 다잡았다. 그리고 상념에 빠져 있던 위소소를 덮쳐 갔다. 그녀를 손에 넣어 운검과 대원금도와 맞바꿀 작정이었다.

'응?'

순간적으로 운검의 뇌리로 천간노옹의 상념이 전달되었다. 근래 거의 완벽에 가까울 정도로 통제할 수 있게 된 천사심공이 다시 제멋대로 움직임을 보인 것이다.

당연히 이렇게 된 이상 그냥 두고만 볼 순 없다.

위소소와의 관계.

아직은 기묘하기만 하다. 자신 때문에 무공을 완전히 소실한 그녀를 그냥 놔둘 수 없어서 데리고 다니고 있을 뿐이지 어떤 결론을 내린 건 아니었다. 남의 해침을 당하게 내버려 둘 순 없었다.

피잉!

운검은 자하강기를 일으켜 자신을 덮친 수백 발의 세침들을 녹여 버리는 한편 천간노옹을 향해 동전을 날렸다. 다시 암향십삼탄을 펼쳐 낸 것이다.

토옥!

그와 함께 내딛어진 일보.

순식간에 텅 비어버린 신기연환총통을 늘어뜨린 채 멍청한 표정이 된 공야숙의 앞에 이른 운검의 수장이 번뜩하고 움직임을 보였다.

아래에서 위쪽으로.

퍽!

죽엽수에 턱을 얻어맞은 공야숙의 신형이 뒤로 훌렁 넘어가 버렸다.

당당한 절정고수.

장강수로십팔채와 장강의 패권을 다툴 정도의 거물인 거경방주 공야숙이 마치 허수아비와 같이 쓰러졌다. 운검의 단 일격조차 감당해 내지 못하고서였다.

第四十七章

천참만륙(千斬萬戮)
천하 마공의 뿌리는 본래 하나이니······.

華山
劍宗

"헉!"

천간노옹은 막 위소소를 덮치려는 찰나 전신이 저릿하며 마비되는 걸 느꼈다. 운검이 암향십삼탄으로 던진 동전에 마혈이 제압당해 버린 것이다.

그와 동시다.

비로소 이상한 기척을 느낀 위소소가 고개를 돌렸다. 그 결에 얼굴 전체를 가리고 있던 방립의 챙이 살짝 위로 치켜 올라갔다.

절세지용(絶世之容).

천하의 뭇 사내들을 상사에 빠뜨릴 법한 미모가 일시 모습

을 드러냈다.

"헉!"

천간노옹은 바로 지척에서 살짝 아미를 찌푸리고 있는 위소소의 청려한 얼굴을 보고 다시 입을 딱 벌렸다. 절로 신음이 터져 나온다. 그의 육십 평생에 이 같은 미인을 본 적이 없었기 때문이다.

그러나 위소소는 일시 넋을 잃어버린 천간노옹의 모습을 한차례 일견하고 바로 고개를 돌려 버렸다.

그녀는 자신의 본색을 본 대부분의 사내들이 이와 같은 얼굴이 되었음을 익히 알고 있었다. 천간노옹의 태도에 특별한 의미를 부여할 생각은 없었다.

'그러고 보니 운검, 저 사람만은 태도가 달랐었구나. 처음에 봤을 때는 마공에 완전히 정신을 잃어버린 상태였다손 치더라도 그 이후조차 별다른 관심을 보이지 않았다는 건 참 놀라운 일이야.'

위소소의 이 같은 마음은 결코 오만으로 치부될 성질의 것이 아니었다.

수많은 거마효웅들의 집결지인 구마련.

그곳에서도 위소소의 절세적인 미모에 빠진 자는 극히 많았다. 거기엔 공동 사부라 할 수 있는 사대마종 역시 예외는 아니었다. 그들은 단지 체면과 위소소의 혈통 때문에 자신들의 욕망을 참을 따름이었다.

당연히 위소소는 소수현마경의 영향을 제외하고도 자신에게 욕망을 품는 사내들에게 경멸의 감정을 품고 있었다. 소수현마경이 작용하지 않게 된 사이 요동치기 시작한 인간적인 감정이 운검을 주목한 것도 무리는 아니었다.

질끈.
진영언은 아랫입술을 깨물었다.
그녀와 우금극의 격전은 사뭇 치열했다. 결코 쉽사리 끝날 성질의 것이 아니었다.
그럴 수밖에 없다.
본래 진영언과 우금극 사이엔 분명한 무공의 격차가 존재했다. 우금극은 진영언의 사부이자 양부인 전 강남 녹림 총표파자 권각무적 초삼제와 동수를 이룬 권법의 고수였다. 비슷한 권각을 사용하는 처지로 진영언의 실력이 한 수 처지는 것은 어쩔 수 없는 일이었다.
다만 진영언은 그사이 운검과 함께하며 무공이 비약적인 발전을 이룩했다.
특히 불영신법의 성취가 가히 놀라웠다.
오랜만에 만난 사부 보타신니조차 그건 인정할 정도였다.
덕분에 진영언은 우금극과 거의 백여 초에 이르도록 거의 동등할 정도로 격전을 벌일 수 있었다. 반수도 우금극에게 뒤지지 않았다.

그러나 그 정도만으로 진영언은 만족할 수 없었다.

당장 자신의 손으로 인생의 우환인 우금극을 때려죽여야만 직성이 풀릴 것 같았다.

'망할! 그런데 저 자식은 어째 날이 갈수록 무공이 강해지는 거냐구! 또 무슨 생각으로 저 구마련의 요녀를 계속 위기에서 감싸주는 거고!'

진영언은 내심 욕설을 내뱉었다. 일시 어째서 자신이 화를 내는지 분간을 할 수 없었기 때문이다.

그때다. 못 본 새 놀랍도록 진보한 진영언의 무공에 내심 크게 놀라고 있던 우금극의 눈에서 벼락과 같은 안광이 튀어나왔다. 진영언이 잠깐 보인 빈틈을 바로 눈치 챈 것이다.

우웅!

우금극은 금강항마기공을 한차례 빠르게 돌린 후 묵직한 일권을 진영언에게 내뻗었다.

속전(速戰)이라 할 수 있는 여태까지의 교합과는 달리 크게 느려진 일권!

어찌나 느린지 보통 사람의 눈에조차 보일 정도다.

진영언은 급하게 숨을 한 모금 빨아들였다. 우금극의 이 느린 일권에 일시 호흡이 크게 흐트러지고 진기의 흐름이 불순해져 왔기 때문이다.

'이게 권압(拳壓)? 이 늙은 호색한이 권법 하나는 정말 제대로 배웠구나!'

내심 감탄하며 진영언이 발끝을 재빨리 교차시켰다.

불영분영(佛影分影).

불영신법의 절초 중 하나다.

그녀는 순식간에 가슴을 압박하며 파고든 우금극의 일권에 실린 금강항마기공을 피하기 위해 신형을 분신시켰다. 그렇게 함으로써 불순해진 진기의 흐름을 정상으로 돌려놓으려 했다.

우금극이 이를 허락할 리 없다.

그는 우드득 소리를 내며 재빨리 진영언 쪽으로 다시 한 걸음을 내딛었다. 이미 다시 일권을 더 내치고 있었다. 방금 전에 펼친 일권의 기운이 채 상쇄되기도 전에 힘을 배가시킨 것이다.

그로 인해 일어난 광풍!

일시 진영언이 만들어낸 분영 중 몇 개가 배가된 권압에 산산조각나 사라졌다. 분영조차 분쇄시킬 만한 거력이 우금극의 금강항마기공에 실려 있었다.

"크윽!"

결국 진영언이 나직한 신음을 토해냈다. 가쁜 호흡과 들끓는 진기가 쉽게 가라앉지 않았다.

그때 다시 우금극이 그녀 쪽으로 다가들었다.

또다시 일권을 더하려는가?

그렇진 않았다.

오히려 그는 깜짝 놀라 두 눈을 크게 떴다. 거의 숨이 넘어갈 듯 신형을 휘청거리고 있던 진영언이 풀쩍 공중으로 뛰어오르며 반격을 가해왔기 때문이다.

'어떻게 내 천악삼권(千岳三拳)의 권압 속에서 저런 움직임을 보일 수가 있단 말인가!'

우금극은 경악했다.

천악삼권.

그가 천하에 자랑하는 천악신권(千岳神拳) 중 최강의 후삼초를 지칭하는 말이었다.

당연히 위력은 극강이다.

전날 우금극과 칠 주야 동안 싸운 바 있는 권각무적 초삼제조차 이 천악삼권에는 고전을 면치 못한 바 있었다. 만약 당시 초삼제의 내력과 교전 경험이 우금극보다 우위에 있지 않았다면 크게 낭패를 당하며 일패도지했을지도 모른다.

그런 천악삼권의 권압이다.

그것도 동시에 이권을 사용하고 다시 삼권째를 펼치려는 찰나였다. 거미줄처럼 주변을 에워싼 권경의 광풍에 진영언이 완벽하게 제압당했다는 판단하에 벌인 일이다.

그런데 느닷없이 진영언이 뛰어올랐다.

권압을 떨쳐 버린 것이다.

게다가 그것만으로 끝이 아니었다.

빙글!

마치 한 마리의 제비처럼 공중으로 신형을 띄워 올린 진영언이 한차례 공중제비를 돌며 맹렬한 일각을 펼쳐 냈다.

반월각!

진영언의 특기 중 하나다.

단 한 가지 다른 점이 있다면 이번 일각에는 우금극의 천악삼권을 받는 동안 부지불식간에 깨달은 불영신법의 묘리가 포함되어 있었다는 점이었다.

퍽!

우금극은 멍한 표정을 한 채로 반월각에 안면을 찍혔다.

진영언의 반격은 상상조차 하지 못했던 바.

방어 따윈 꿈도 못 꿨다.

휘청!

굳건하게 대지를 지탱하고 있던 우금극의 신형이 크게 비틀거렸다.

파곽!

그 뒤를 따른 건 진영언의 쌍월각이다. 그의 양쪽 태양혈에 그녀의 번개 같은 연타가 이뤄졌다.

쿵!

결국 우금극이 바닥에 무너져 내렸다. 이미 두 눈이 풀린 것이 정신 줄을 완전히 놓아버렸음이 분명하다.

'좋아!'

운검은 일격에 제압한 공야숙에게 다가드는 와중에도 진영언 쪽에 몇 차례 시선을 던졌다. 권마 우금극이 결코 쉬운 상대가 아니란 걸 알고 있었기 때문이다.

그래도 그는 위소소 때처럼 진영언을 위해 손을 쓰지 않았다.

그녀와 우금극의 대결!

어디까지나 대강남북의 녹림 수장들끼리의 대결이었다. 진영언의 목숨이 위험하지 않은 상황에서 손을 쓴다면 분명 크게 화를 낼 거라 생각했다.

또 그는 진영언의 무공을 믿고 있기도 했다.

처음 만났을 때보다 현재 진영언의 무공은 훨씬 진보한 상태였다. 조금만 더 노력하면 벽을 뛰어넘어 당당한 초절정고수가 될 수도 있다는 판단이었다.

그래도 상대가 상대이니만치 운검은 몰래 손가락 사이에 동전 하나를 남겨두고 있었는데, 이젠 필요가 없어졌다. 내심 즐거운 마음을 탄성으로 터뜨린 건 바로 그 때문이었다.

그런데 운검이 다시 바닥에 쓰러진 공야숙에게 정신을 집중하려는 찰나였다.

우르릉!

갑자기 굉음과 함께 거경각의 두터운 나무 벽이 순식간에 자취를 감춰 버렸다. 운검이 진영언과 우금극 간의 대결에 신경을 기울이고 있던 중 가까스로 정신을 차린 공야숙이 기관

을 움직인 결과였다.

그런 까닭으로 삽시간에 자못 웅장한 크기이던 거경각은 골조를 이루는 커다란 나무 기둥 십여 개만이 덩그러니 남게 되었다. 사방이 확 트여서 안의 상황이 밖으로 모조리 드러나게 된 것이다.

차창!

차차차차차차차차창!

내부가 환히 드러난 거경각을 중심으로 수백을 족히 헤아릴 법한 수적들이 일제히 포위진을 구축했다. 공야숙이 기관을 작동시키자 평소 훈련을 받았던 대로 개떼처럼 거경각으로 몰려든 게 분명하다.

공야숙이 자신의 훈련 잘된 수하들을 그윽한 시선으로 바라본 후 입 밖으로 피를 게워내며 말했다.

"이, 이러면 전세 역전이 아닌가?"

"전세 역전?"

운검의 태연한 반문에 공야숙의 안색이 창백해졌다. 그가 자신을 포로 삼거나 죽인 후에 활로를 찾아 나설 작정을 하고 있다는 생각이 뇌리를 스친 까닭이다.

'내가 알아본 바 승룡비천검 운검은 화산파 출신이라 들었다. 그래서 여느 멍청한 정파인들처럼 다루기가 쉽다고 여겼거늘, 내 예상이 틀린 것인가?'

공야숙은 본래 대종교에서 오래전에 중원에 침투시킨 간

세 중 독보적인 인물 중 하나였다. 간세의 역할을 충실히 이행하며 따로 거경방이란 꽤 거대한 세력을 이룩한 자였기 때문이다.

그런 그에게 근래 중원에 들어선 사우영은 권마 우금극과 함께 운검 일행의 발길을 적벽에 묶어둘 것을 명했다. 아직 대종교의 세력이 닿지 않고 있는 강남으로 도주하는 걸 막기 위한 명령이었다.

공야숙은 내심 대공을 세울 기회라 여겼다. 우금극에게 운검의 무공이 소문처럼 그리 놀라운 편이 아니란 얘기를 들었기 때문이다.

또한 그는 오랫동안 중원에서 간세 노릇을 하며 소위 명문정파라 불리는 세력들에 대해 깔보는 버릇이 생겼다. 정파인들이 항상 실리보다는 명분이나 도덕률에 구속받아 대사를 그르치는 걸 몇 번이나 봐온 게 그 원인이었다.

그런데 눈앞의 운검은 달랐다. 아니, 다른 것 같았다.

그래서 노련한 공야숙이나 자신의 허를 찔러 대패시킨 운검의 심사를 읽기가 쉽지 않았다.

'모르겠다! 모르겠어! 눈앞의 이 화산파 녀석은 도저히 속마음을 읽을 수가 없다! 내 평생에 처음 보는 강적이야!'

공야숙은 내심 고개를 가로저었다.

심사가 복잡했다.

그러다 보니 가까스로 억누르고 있던 내상이 심화되었다.

잠시 참고 있던 혈기가 다시 치솟더니, 입 밖으로 꾸역꾸역 핏덩이가 쏟아져 나왔다.

운검이 그 모습을 일견하고 오연하게 좌중을 훑어보았다. 오랫동안 억눌러 왔던 기세가 자연스레 일어나니 일시 거경각을 포위하고 있던 수적들을 압도한다.

"우우……."

"헤엑……."

수적들은 이미 거경각 안의 전경을 똑똑히 살펴봤다. 완전히 풍비박산된 거경방 수뇌부를 보고, 하늘같이 믿고 있던 거경방주 공야숙이 입 밖으로 피를 쏟아내는 모습을 봤다. 일시 운검이 강렬한 기세를 일으키자 두려움에 안색이 질리지 않을 수 없다.

주춤! 주춤!

수적들이 자신들도 모르게 포위진을 넓혔다. 어떻게든 운검으로부터 한 걸음이라도 더 떨어지기 위해 노력했다. 뒤로 물러서는 다리가 하나같이 부들부들 떨리고 있었다.

운검이 그 순간을 놓칠 리 없다.

콰득!

발을 한차례 굴러 바닥에 깔려 있던 화강암 바닥에 깊은 족인을 찍은 운검이 차갑게 외쳤다.

"이미 싸움은 끝났다! 만약 불복하는 자가 있다면 지금 당장 덤벼들어라! 모조리 이렇게 만들어줄 테니까!"

"……."
운검은 뒤도 돌아보지 않고 품 안에서 빼 든 대원금도를 휘둘렀다.
순간적으로 일어난 자하의 광채!
날카로운 비명이 그 뒤를 따랐다. 운검에게 제압된 소두령 중 하나의 목이 잘려 날아가 버린 것이다.
"저!"
가까스로 다시 기혈을 수습한 공야숙의 두 눈이 부릅뜨였다.
그럴 수밖에 없다.
운검의 대원금도에 목이 날아간 소두령!
그야말로 공야숙이 숨겨놨던 비도(秘刀)의 핵심이었다.
무릇 무리 중에는 지휘자가 필요한 법.
수백이 넘는 수적의 무리라 하나 일사불란하게 통솔할 자는 반드시 필요했고, 그 소두령이 바로 그런 존재였다. 공야숙이 일부러 계속 운검의 정신을 자신에게 집중하게 붙잡아 놓고 있었던 이유이기도 하다.
과연 최후로 남아 있던 지휘자의 목이 잘리자 수적들의 포위진은 단숨에 괴멸되어 버렸다. 운검이 다시 강렬한 기세를 뿜어낸 순간, 날카로운 비명과 함께 포위진을 풀고 달아나기 시작한 것이다.
"하하하하!"

운검이 꽁지가 빠지게 달아나는 수적들을 바라보며 통쾌한 대소를 터뜨렸다.

얼마 만인가!

이처럼 자신의 능력을 전부 사용해서 위풍을 세상에 드러내 보이는 것이.

"……"

"바보, 좋댄다……."

침묵으로 운검을 지켜보는 위소소와 달리 진영언은 입술을 한차례 비죽거려 보였다. 여전히 한 발로 우금극의 면상을 밟고 선 채였다.

* * *

밤.

운검은 진영언의 조언대로 거경방 중 으슥한 장소 한 군데를 골랐다.

사람의 비명성이 밖으로 쉽사리 흘러나가지 않을 만한 장소다.

그런 곳이 필요했다.

철푸덕!

찬물 한 바가지를 얼굴에 끼얹자 정신을 잃은 채 고개를 바

닥 쪽으로 떨구고 있던 공야숙이 몸을 부르르 떨어 보였다. 강제로 정신이 돌아온 것이다.

운검이 고개를 살짝 옆으로 뉘어 보이곤 말했다.

"정신력이 대단하군. 진 소저의 고문을 이렇게까지 참아내다니 말야. 아니면 특별히 고통을 참을 수 있는 심공 같은 거라도 연마한 건가?"

"……."

공야숙은 대답하지 않았다.

대신 그는 고개를 슬쩍 들어 올리더니 입가에 비릿한 조소 하나를 만들어냈다.

"자신이 대단하다고 생각하겠지? 오산이다. 곧 그분께서 오시면 네 녀석의 목숨은 끝장이다! 끝장!"

"그분?"

"위대하신 분이지. 네 녀석 같은 정파의 종자 따윈 발끝조차 미칠 수 없는 분이시다!"

"구마련과 관련된 자인가?"

"구마련?"

"그래."

운검의 대답을 들은 공야숙의 입가가 조금 더 비틀어졌다. 조소에 조소를 더해 아주 재수없는 표정을 만들어낸 것이다.

운검은 참았다. 어차피 공야숙이 자신을 좋아하게 만들 재간은 없다. 자신이라 해도 이런 상황에서 적을 좋아할 수는

없을 터였기 때문이다.

그래서 참았다.

대신 그는 공야숙이 조금 더 정보를 나눠주길 바랐다. 그래야만 북궁세가에서부터 느껴왔던 짙은 안개의 원인을 찾아낼 수 있을 것이란 판단이었다.

그러나 공야숙은 얄밉게도 다시 입을 다물어 버렸다. 마치 운검의 내심을 눈치라도 챈 것 같다.

"……."

입을 꾹 다문 공야숙에게 운검이 부드럽게 말했다.

"다시 입을 다무는 건가? 그러면 안 되지. 내 금쪽 같은 시간을 이렇게 잔뜩 잡아먹어 놓고 말야. 그러다 내가 화가 나면 큰일이잖아?"

"퉤!"

공야숙이 대답 대신 내뱉은 침을 운검은 고개를 살짝 움직여 피했다.

퍽!

곧바로 이어진 건 발길질이다!

동시에 운검은 바닥에 벌렁 나가떨어진 공야숙을 침묵 속에 밟아대기 시작했다. 더 이상 질문 따윈 던지지 않았다. 그냥 묵묵히 구타를 해댔다. 아주 많이 아픈 곳만을 골라서 밟아댄 것이다.

이는 그냥 구타 및 가혹 행위에만 초점을 맞췄던 진영언의

천참만륙(千斬萬戮) 213

방법보다 우위에 있는 고문 수법이었다. 사람의 심리란 게 이처럼 침묵 속에 끝없이 구타만 당하게 될 경우 공포와 초조감을 훨씬 더 많이 느끼게 되는 까닭이다.

과연 운검의 침묵 구타가 이어지길 한 시진이 넘어갈 무렵이었다. 입을 꾹 다문 채 침묵을 지키고 있던 공야숙의 얼굴이 슬슬 공포로 물들어가기 시작했다. 간간이 비명 역시 입 밖으로 흘러냈다.

"크악! 아악! 이 개자식! 개자식! 개자식……."

"……."

운검의 구타가 조금 더 심해졌다. 이젠 거의 숨만 남겨둘 정도로 극심하게 두들겨 댔다. 역시 극히 아픈 부위만 골라서 그렇게 했다.

"사, 살려줘! 살려줘! 살려주시오! 으흐흐흑! 으흐흐흐흑!"

"……."

결국 공야숙이 애걸복걸하다 통곡을 터뜨리자 비로소 운검이 구타를 멈췄다. 구타가 시작된 지 거진 두 시진이 넘었을 무렵의 일이다.

구타에 장사 없다.

강호의 아주 오래된 고언이 실증되는 순간이었다.

바닥에 널브러져서 거친 숨을 헐떡이고 있는 공야숙을 바로 앉힌 운검이 퉁명스런 표정으로 말했다.

"말해봐."

"크흑, 자, 잠시만 쉬게 해주면 안 되겠소이까? 나, 나는 늙은 몸에다가 무공이 전폐된 채로 방금 전까지 죽도록 두들겨 맞았잖소이까?"

"다시 맞을래?"

"아, 아니오! 아니야!"

열심히 손사래를 친 공야숙이 한차례 거친 숨결을 가다듬고서 운검에게 질문했다.

"그, 그런데 지금 시간이 얼마나 됐소이까?"

"곧 새벽이 다가온다. 네가 하도 지독하게 참고 견딘 탓에 나도 잠 한숨 못 잤어."

"그렇군. 그래……."

뒷말을 슬그머니 흐려 보인 공야숙이 운검을 싸늘하게 노려봤다. 방금 전까지 애걸복걸하며 울부짖던 자가 맞는가 싶을 정도의 모습이다.

'이건…….'

운검은 천사심공을 펼쳤다. 그러나 공야숙을 제압한 후 줄곧 그랬던 것처럼 여전히 그의 심사는 읽혀지지 않았다. 마치 철벽에라도 가로막혀진 것 같았다.

문득 공야숙이 이를 드러내며 웃어 보였다.

"내 심사를 읽으려 노력하지 마시게. 천하 마공의 뿌리는 본래 하나이니, 후에 나온 것이 결코 근본과 원류를 뛰어넘을

순 없는 법이니까 말야."

"천하 마공의 뿌리는 하나? 근본과 원류?"

운검이 눈살을 찌푸린 채 중얼거리는 찰나 공야숙의 작은 중얼거림이 그의 귓전을 때렸다.

"나 공야숙의 실패는 오로지 소존주의 명을 어긴 때문이다! 스스로 자만한 까닭이야! 그러나 치욕을 참고서 소존주의 명을 지키고자 노력했으니, 지옥염왕의 앞에 섰을 때 떳떳할 수는 있으리라!"

"멈춰!"

운검은 공야숙의 말속에서 심상치 않은 느낌을 받고 얼른 그에게 손을 뻗었다. 일단 그를 다시 완벽하게 제압한 후 자초지종을 밝혀내려 했다.

그러나 바로 그때다.

"칵!"

공야숙의 입에서 피화살이 터져 나왔다. 운검의 두 눈을 노리고서였다.

그것만으로 끝일 리 없다.

일순 평범한 장정 정도의 몸집이던 공야숙의 몸이 두 배, 세 배로 부풀어 올랐다. 덩치가 커진 게 아니다. 살집이 마치 고무공처럼 팽창되었다.

'위험!'

천사심공이 일러준 게 아니다.

근래 무수히 많은 격전을 펼치며 얻게 된 생존본능의 충고였다.

슥!

재빨리 공야숙에게 뻗었던 손을 거둬들이고, 자하신공을 일으켰다.

번쩍!

그의 전신을 휘감고 있던 피풍의가 일시 태풍을 맞은 것처럼 휘날렸다.

그와 함께 드러난 건 마신흉갑이다.

자하신공의 최고 경지인 자하신강(紫霞神罡)이 펼쳐지자 마신흉갑 전체가 붉게 달아올랐다. 마치 서산으로 넘어가는 해가 남겨놓은 붉디붉은 노을이 갑자기 내실 안에 퍼진 것 같다. 그런 모양새다.

그 순간!

거진 본래 크기의 세 배 정도까지 부풀어 올랐던 공야숙의 몸이 폭발을 일으켰다. 고대에 이미 흔적도 없이 사라졌다고 알려진 전설상의 천참만륙(千斬萬戮)의 동귀어진 수법!

그것이 펼쳐졌다.

운검의 바로 눈앞에서.

* * *

콰쾅!

진영언은 귓전을 때린 폭음성에 깜짝 놀라 일어섰다. 잠결이었으나 초절정을 바라보는 고수답게 그녀는 어느새 침상을 박차고 뛰어 내려서 있었다.

야풍에 흩날리는 침의.

그녀는 얼른 침상 부근에 대충 벗어놨던 홍의무복을 걸치고 침실을 빠져나왔다. 폭음이 터져 나온 장소가 초저녁까지 그녀가 마구 날뛰던 장소인지라 가슴이 크게 두근거렸다. 운검이 아직 그곳에서 공야숙을 취조하고 있던 중이었을 거란 생각이 뇌리를 스쳐 갔기 때문이다.

'이 정도 폭음이라면 심상치 않아! 수적의 우두머리답게 그 공야숙 놈이 뭔가 꼼수를 준비해 뒀던 게 분명해! 그런데 위소소란 계집은 어떻게 하지?'

진영언은 마음이 급한 와중에도 위소소가 마음에 걸렸다. 그녀의 무공이 운검에 의해 완전히 전폐된 상태임을 알고 있었기 때문이다.

흔들.

진영언이 고개를 가로저었다. 입 밖으론 어느새 침 한 모금이 내뱉어지고 있다.

"그 계집은 도대체 왜 그 자식을 따라나서서 매번 귀찮게 만드는 거람!"

투덜거림을 입에 매단 것과 달리 진영언은 신형을 다시 침

실 쪽으로 날렸다. 일단 위소소의 안전을 확보한 후에 운검에게 찾아가려는 것이었다.

그렇게 진영언이 다시 침실에 이르렀을 때다.

새벽 어스름 속에 물든 대기 속을 헤치며 한 명의 절세미녀가 모습을 드러냈다. 진영언과 달리 뒤늦게 침실을 벗어난 위소소였다.

살짝 헝클어진 모양새.

평소와 달리 방립과 피풍의로 전신을 감추지 않은 위소소의 절세적인 미모에 진영언이 다시 침을 뱉었다. 그야말로 여인이라면 보고만 있어도 은연중에 살심이 치솟고 미간이 찌푸려지게 만드는 얼굴인 까닭이다.

뒤늦게 바람처럼 신형을 날려온 진영언을 발견한 위소소가 질문했다.

"운검은?"

"운거엄은? 이년아! 언제부터 그 자식을 그리 부르게 된 거냐?"

"나는 구마련의 대공녀다. 모르면 몰랐으되, 이제 내 신분을 알았다면 녹림의 계집은 무엄한 말은 삼가는 게 옳을 것이다."

"지랄!"

진영언이 위소소에게 주먹을 불쑥 치켜 올렸다.

언젯적 구마련인가!

천참만륙(千斬萬戮) 219

중원에서 쫓겨난 지가 오래인 터에 과거와 같은 위세를 내보이려 하는 위소소의 행태가 얄밉다. 진영언이 감자를 먹인 것도 무리는 아니었다.

위소소는 화내지 않았다. 진영언과 함께한 지 제법 오래되었다. 그녀의 성미를 모를 리 없다.

"그래서 운검은 어딨는 거냐? 방금 전의 폭음은 또 무엇 때문이고?"

"내가 그걸 어찌 알아?"

"그런가? 너도 모르고 있었는가?"

"그래!"

진영언의 퉁명스런 대답에 위소소가 입을 다물었다. 그러나 항시 얼음으로 만든 조각상 같던 얼굴에는 미세한 파문이 머물러 있었다. 운검이 어찌 되었는지를 진영언도 모른다고 하자 평소 느껴본 적이 거의 없던 기묘한 기분에 빠져들게 된 것이다.

'저년, 표정이 왜 저 지랄이야! 어째서 운검을 들먹이곤 안색이 안절부절못하게 된 것 같은 거야!'

진영언은 여인이다. 그것도 평상시 감정의 분출이 꽤나 자유분방하고 풍부한 여인이었다. 인간적인 감정의 변화에 익숙지 못한 위소소의 표정 변화를 보고 내심 속이 뒤집어지지 않을 수 없었다.

그러나 그런 마음도 잠시뿐이었다.

그녀 역시 운검에 대해선 이미 크게 걱정하고 있는 상황이었다. 무공을 잃은 위소소가 무탈하다는 걸 확인하자 곧 마음이 다급해졌다. 운검의 안위에 확 마음이 쏠리게 되었다.

"이년아, 여기서 아무 곳도 가지 말고 기다리고 있어라! 나는 지금부터 확인해 봐야 할 일이 있으니까!"

"운검을 찾아가려는 거냐?"

"내가 어째서 그 자식을 찾아가! 그냥 확인할 게 있어서 가는 거야!"

"운검을 찾지 않겠다는 거냐?"

"그래!"

"알았다. 그럼 내가 그를 찾으러 가야겠다."

"이년이!"

버럭 소리를 지른 진영언이 쏜살같이 위소소에게 다가가 연속적으로 혈도를 짚어버렸다. 마혈과 아혈을 동시에 점혈해서 바닥에 털썩 주저앉게 만든 것이다.

슥!

그런 후 뒤로 한 걸음 물러선 진영언이 입가에 고소해하는 기색을 담은 채 말했다.

"처음부터 얌전히 굴었으면 이런 꼴은 당하지 않지! 내 금방 다녀올 테니까 거기 앉아서 얌전히 있어! 알겠지?"

"……."

위소소는 대답 대신 진영언을 싸늘하게 바라봤다.

천참만륙(千斬萬戮)

존귀한 구마련의 대공녀.

그녀가 언제 이런 꼴을 당해봤을 것인가!

그러나 진영언은 이미 신형을 돌려세운 상태였다. 그녀의 차가운 시선 따윈 아랑곳하지 않은 채였다.

'정말 한심하게 되었구나. 이런 꼴을 당하려고 중원에 나온 것은 아니었건만…….'

진영언이 바람같이 불영신법을 펼쳐 떠나자 위소소는 내심 고개를 가로저었다.

화편을 닮은 입술 새.

가벼운 한숨이 절로 흘러나온다. 마혈뿐 아니라 아혈까지 점혈된 터라 목소리도 나오지 않는다. 내심 깊숙한 곳에서 뜨거운 불덩이 하나가 치솟아올라 왔긴 하나 꾹 눌러 참을 수밖에 없다.

힘을 잃어버린 자의 비애이다.

그때 흡사 천상에서 날개를 잃어버리고 떨어져 내린 선녀처럼 새벽의 찬 공기 속에 놓여진 위소소에게 다가드는 그림자가 하나 있었다.

살금살금.

혹여 위소소가 눈치라도 챌까 봐 조심스레 다가드는 그림자의 정체는 다름 아닌 천간노옹이었다.

그는 낮에 운검이 던진 동전에 얻어맞아 마혈이 제압당했

으나 시간이 흐르자 자연스레 기혈이 통하게 되었다. 아직 무공은 완전히 회복되지 않았으나 행동에는 특별히 제약을 받지 않게 된 것이다.

당연히 그는 거경방의 주변에 몰래 숨어서 계속 기회를 엿보고 있었다. 꼭 뭘 어떻게 하겠다는 게 아니라 평생 동안 공을 들여왔던 대원금도를 이대로 포기할 수 없어서였다.

그런데 갑자기 천간노옹에게 기회가 왔다.

줄곧 노리고 있던 위소소가 진영언에게 마혈과 아혈을 동시에 점혈당한 채 방치되는 광경을 발견한 것이다. 그야말로 천우신조의 기회라 아니 할 수 없었다.

'그 죽일 놈은 이 계집을 꽤나 챙기고 있었다. 하긴 이렇게 대단한 미모를 지녔으니 당연하겠지. 내 비록 나이가 육순을 넘겼으나 정말 마음을 뒤흔들어 놓는 미모이지 않은가!'

천간노옹은 처음으로 위소소의 본색을 봤다. 일시 눈이 두 배쯤 커지는 것이 크게 개안을 한 것이나 다름없었다. 그 정도로 위소소의 미모는 대단했다.

그러나 천간노옹은 지금 무공을 상실한 상태였다. 운검에게 거경방이 완전히 점거된 상태에서 여색에 정신을 잃고 있을 순 없었다.

자신도 모르게 손을 내밀어 위소소의 백옥 같은 뺨을 한차례 쓰다듬은 천간노옹이 입가에 음침한 미소를 매달았다.

"크흐흐, 정말 곱구나! 고와! 만약에 그 빌어먹을 도둑 녀석

이 노부에게 대원금도를 돌려주지 않는다면 내 평생을 네년과 함께해도 나쁠 것은 없으리라!"

"……."

위소소의 안색이 살짝 창백해졌다.

무공을 소실한 후 마혈과 아혈마저 점혈당했다. 그런 상황에서는 천간노옹 같은 삼류의 마두조차 위협적이었다. 내심 화가 치밀어 오르는 한편 두려움에 마음이 흔들리는 것도 무리는 아니었다.

천간노옹은 강호 경험이 풍부한 인물이다. 밤이 길면 꿈도 길다는 강호의 고언을 모를 리 없다.

슥!

재빨리 위소소를 등에 들쳐 업은 그가 재게 걸음을 옮기기 시작했다. 입가에 계속 득의만면한 미소가 잔뜩 떠돌고 있었다. 천하에 다시없을 미인을 업어서인지 무공에 제약을 받는 상태임에도 발길이 크게 가볍다.

'운검…….'

위소소는 목석같이 딱딱하게 굳은 채 처연한 표정을 지어 보였다.

그녀의 뇌리 속에 떠오른 하나의 얼굴.

다름 아닌 오랜만에 통쾌하게 대소를 터뜨렸던 운검이었다.

第四十八章
심중마언(心中魔言)
마(魔)의 주인은 결코 도망치지 않는다!

華山
劍宗

번쩍!

공야숙의 한껏 부풀어 오른 몸이 대폭발을 일으킨 순간 운검은 전력을 다해 자하신강을 일으켰다.

호신강기의 극치!

강기를 유형화시켜 전신에 막을 두르는 수법으로 공야숙이 펼친 천참만륙의 동귀어진을 막아내려 했다. 무공을 잃어버리기 전보다 월등히 상승한 자하신공을 굳게 믿었던 것이다.

그러나 공야숙이 목숨을 걸고 펼친 동귀어진의 수법에는 따로 천참만륙멸신공(千斬萬戮滅神功)이란 별명이 붙어 있었

다. 몸을 산산조각 내어 신조차 죽여 없앤다는 뜻이다.

당연히 그 위력은 극강, 그 자체였다. 천하의 어떤 강기공이라 해도 막아낼 수 있는 자하신강이나 천참만륙멸신공의 기운이 실린 육편만은 쉽지 않았다.

치익!

치이이이이이이익!

운검은 내심 경악했다. 공야숙의 몸이 폭발하며 사방으로 퍼진 육편에 닿은 자하신강에 구멍이 뻥뻥 뚫려 버렸기 때문이다. 덕분에 운검은 주춤거리며 연속적으로 신형을 뒤로 물려야만 했다. 자하신강조차 뚫어버린 육편 조각을 피하기 위함이었다. 그게 지금 그가 할 수 있는 최선이었다.

신행백변.

일시 운검의 신형이 비좁은 공간 속에서 현란한 변화를 보였다. 이미 자신만만하게 펼쳤던 자하신강은 비참할 정도로 여기저기 구멍이 뚫려 버린 상태이니, 다른 선택을 취할 도리가 없었다.

그렇게 정신없이 육편 조각을 피해 신형을 이동시켰을 무렵이다.

문득 운검의 미간이 살짝 찡그려졌다. 갑자기 상반신 전체의 혈도에 박힌 채 옴죽달싹도 하지 않고 있던 마신흉갑의 강침들이 다시 움직임을 보였다.

고통?

이미 익숙해졌다고 여겼던 그 괴물이 다시 운검을 악 소리 나게 만들었다. 그 정도의 고통을 순간적으로 선사했다. 아주 죽여 버릴 듯 강침으로 쑤셔대기 시작한 것이다.

그런 상황이니 변화가 없을 리 없다.

티딕! 틱!

기묘한 기관음과 함께 마신흉갑이 변화를 보였다. 여태까지 상반신만을 감싸고 있던 모습에서 탈피해 삽시간에 전신을 마갑으로 에워싸 버린 것이다.

그와 동시 일어난 붉은 광채!

자하신강을 머금었을 때와 같은 노을빛이 아니다. 흡사 피의 비라도 쏟아지는 것 같은 붉은 광채다. 그 소름 끼치는 마광이 회오리를 일으키며 강기처럼 퍼져 나갔다.

콰쾅!

벼락이 떨어진 듯한 폭음 역시 뒤따랐다. 주변에 존재하던 모든 것을 순식간에 날려 버리는 대폭발이 일어난 것이다.

철컹!

이젠 제법 익숙해진 기관음과 함께 운검은 시야가 확 트이는 걸 느꼈다.

순간 그의 눈앞에 펼쳐진 광경.

그것은 흡사 대폭발이라도 일어난 것 같은 폐허였다. 천참만륙멸신공을 펼친 공야숙은커녕 주변의 모든 것이 흔적도

없이 사라져 버렸다. 아무것도 존재하지 않는 상태가 되어버렸다는 뜻이다.

"이게 대체······."

눈앞에 펼쳐진 황당한 광경에 놀란 운검이 나직이 중얼거릴 때였다. 문득 그의 뇌리 속으로 기묘한 목소리 하나가 파고들어 왔다.

―마(魔)의 주인은 결코 도망치지 않는다!

"뭐?"

운검은 나직이 부르짖으며 주변을 재빨리 둘러봤다. 자신의 귓전을 울린 목소리가 꽤나 심경을 어지럽게 만들었기 때문이다.

그러나 눈에 보이는 건 폐허뿐!

그를 둘러싼 어떤 것도 느닷없이 뇌리 속에서 울려 퍼진 목소리의 존재를 납득시켜 주진 않았다. 그게 운검의 심경을 더욱 복잡하게 만들었다.

'제길! 천사심공은 아니다! 그럼 도대체 어디서 흘러들어 온 목소리지? 설마 이 녀석인가······.'

운검은 염두를 굴리다 무심코 새로운 변화를 보여준 후 본래대로 돌아간 마신흉갑을 눈으로 살폈다.

심장에 박혀 있는 마정의 폭주를 막아주고 있는 고마운

기물!

덕분에 운검은 폭주를 염려하지 않고서 자하신공과 자하구벽검을 전력으로 펼칠 수 있었다. 다시 이십 세 때의 화산지학을 되찾은 것이다.

하지만 마신흉갑은 툭하면 강침으로 혈도를 찔러대서 고통에 대한 강력한 면역력을 길러준 마물이기도 하다. 마정의 폭주 역시 어떤 방식으로 제어를 해주고 있는지 모른다. 그동안 무진장 많이 연구해 봤지만 전혀 비슷한 답조차 구할 수 없었다. 그냥 조심할 뿐이었다.

그런데 오늘 이 마신흉갑이 또 다른 재주를 부렸다. 전설로 밖엔 들어보지 못했던 고대의 마공인 천참만류멸신공의 위기에 빠진 운검을 놀랍게도 구해줬다. 물론 그로 인해 또다시 죽을 정도로 심한 고통을 겪긴 했으나 생명을 구한 셈이니 뭐라고 탓을 할 순 없을 터였다.

느닷없이 귓전을 때린 기괴한 목소리!

그 하나만 없었다면 분명 그러했다. 이렇게 심각해질 이유까진 없었을 터였다.

퍽!

운검이 주먹을 들어 마신흉갑의 가슴 부위를 때렸다.

가벼운 일수.

그러나 죽엽수의 공력이 실렸다.

웬만한 바위 정도는 단숨에 가루로 만들 만한 위력이다.

"크악!"

운검은 자신도 모르게 입을 딱 벌렸다. 절로 비명이 터져 나온다. 죽엽수로 때린 순간, 마신흉갑이 복수라도 하듯 혈도를 찌르고 있는 강침의 길이를 두 배로 늘렸다. 고통에 두 눈이 부릅뜨이고 비명을 터뜨린 것도 무리는 아니다.

휘청!

다리에 힘이 풀려 버렸다.

현기증도 일었다.

덕분에 신형을 비틀거리다 바닥에 손을 짚은 운검의 배후로 한줄기 바람이 불어왔다.

진짜 바람이 아니다.

그가 터뜨린 비명성을 듣고 가뜩이나 빠른 불영신법을 극한까지 펼쳐 날아온 진영언이다.

스슥!

순간적으로 운검의 앞에 이른 진영언이 초토화된 주변 환경에는 일별조차 하지 않고 근심 어린 표정으로 말했다.

"어떻게 된 거야? 또 아픈 거야?"

"어……."

운검이 나직한 대답과 함께 바닥을 짚고 있던 손바닥에 힘을 주고서 다시 신형을 바로 했다. 목구멍에서 일시 비릿한 피 내음이 일었으나 꿋꿋하게 참아냈다. 눈앞에 근심이 가득한 얼굴을 한 진영언이 서 있었기 때문이다.

"휴우, 이제 좀 괜찮아졌네. 이 망할 갑주가 정말 사람을 여러 번 잡는구만."

"그 마신흉갑이 또 꼬장을 부린 거야?"

"그래. 정말 징글징글 맞은 놈이야. 뭐, 덕분에 목숨을 건지기도 했지만 말야."

"목숨을 건져? 어떻게?"

"주변을 봐."

운검의 말을 듣고서야 진영언이 주변의 초토화된 광경을 둘러보곤 나직이 휘파람을 불었다.

"휘이! 어쩌다 이렇게 된 거야?"

"마신흉갑이 그리 만들었지. 내가 방금 전에 죽을 뻔했거든."

"죽을 뻔해?"

"공야숙, 그 늙은이에게 숨겨진 한 수가 있더군."

"그 폭발음? 벽력탄 같은 거라도 숨겨놓고 있었던 거야?"

"그렇진 않구. 그런데 진 소저, 이제 그 반말 좀 어떻게 안 될까?"

"왜?"

"우리가 비록 친구 같은 사이긴 하지만 사람들 앞에서 얘, 쟤 하는 건 좀 그렇잖아."

"이런 곳에서 정파인 흉내를 내는 거야?"

"정파인 흉내라……."

살짝 말끝을 흐린 운검이 입가에 씁쓸한 기색을 담았다.
"나는 본래 정파인이 맞아. 흉내를 내는 게 아니라구."
"네 어디가 정파인을 닮았는데? 아마 널 아는 모든 사람이 정파인이라 생각하진 않을걸?"
"그런가?"
"그래."
"흠."
운검이 턱밑에 손가락을 가져다 댄 채 잠시 침묵에 잠겼다. 진영언이 한 말을 듣고 보니, 화산을 내려온 후 자신의 행적이 영 마땅찮았다. 진짜로 어느 모로 보든 정파인스런 짓은 한 게 없다는 생각이 들었다.
'그래도 북궁세가에서 비무대의 대폭발을 막은 건 그나마 좀 나은 일이지 않았을까? 하지만 그것도 굳이 따져 보자면 내가 사람을 착각해서 벌어진 일이니……'
생각하면 할수록 운검은 마음이 안 좋아졌다.
아무리 무공을 잃어버렸다곤 하나 그동안 지나치게 막 살아왔다는 생각이 들었다. 방금 전에 뇌리 속에서 울려 퍼진 기분 나쁜 목소리 역시 크게 신경이 쓰였다. 정파인이 되지 않는 건 상관없지만 마공에 빠진 마도인이 되고 싶은 생각은 전혀 없었기 때문이다.
찰싹!
양손으로 자신의 뺨을 강하게 때린 운검이 놀란 표정이 된

진영언에게 말했다.

"진 소저, 위 소저는 어찌하고 이리 달려온 거야? 그녀는 무사하겠지?"

"위 소저? 어째서 내가 그년을 신경 써야 하는 건데?"

"그녀는 지금 무공을 잃은 상태야. 내가 부재중일 때는 당연히 진 소저가 신경을 써야지. 설마하니 내가 없는 사이 둘이서 싸운 건 아닐 테지?"

"싸우다니! 내가 어떤 사람이라고 무공도 없는 년하고 싸울 것 같아?"

"뭐, 진 소저에게는 전례가 있으니까. 무공도 변변찮은 내 제자도 냅다 걷어찼었잖아."

"그야 그때는……."

"됐고!"

짤막한 한마디로 진영언의 말을 중간에서 끊은 운검이 남몰래 한 모금 진기를 돌려 체내의 안정을 꾀하곤 말했다.

"진 소저, 이제 슬슬 위 소저한테로 가보자구. 그녀한테 물어볼 말도 있고 하니까."

"그년이 걱정되는 건 아니고?"

"걱정이야 당연히 되지. 위 소저는 진 소저와 달리 가냘프고 연약하며 아름다운 한 명의 요조숙녀(窈窕淑女)니까 말야."

"요조숙녀? 그년이?"

"그래."
"지랄!"

진영언이 대번에 욕설을 내뱉고는 신형을 휙 하고 돌렸다. 운검이 위소소에 대해 칭찬하자 속이 뒤틀려 왔다. 이미 방금 전까지 운검에 대해 가지고 있던 근심과 걱정은 깨끗이 날아가 버리고 흔적조차 남아 있지 않았다.

'쳇! 평상시엔 호랑이 고기를 삶아먹은 것처럼 호탕하면서 괜스레 내 걱정을 하기는…….'

진영언의 뒷모습을 바라보며 내심 혀를 찬 운검이 입가에 부드러운 미소를 매달았다. 진영언이 자신을 진심으로 대하고 있음을 익히 알고 있었기 때문이다.

잠시 후.

운검과 함께 거처로 삼았던 전각 앞 정원에 도착한 진영언의 안색이 눈에 띌 정도로 변했다. 위소소의 모습이 어디에도 보이지 않아서였다.

'이년이 어디로 도망갔지? 마혈과 아혈을 동시에 봉맥당했으니 절대로 옴짝달싹하지 못할 터인데… 설마!'

진영언의 뇌리로 문득 위소소의 절세적인 용모가 스쳐 갔다.

그녀의 용모.

어떤 사내든 두 눈이 뒤집히고 침을 질질 흘릴 만하다. 그

런데 이곳은 하필 수적 떼들의 소굴이었다.

내외로 결코 품행이 단정하다곤 할 수 없는 녀석들이 득시글거리니, 만약 옴죽달싹도 할 수 없는 위소소를 발견했다면 결코 가만 놔두지 않았을 터였다.

'서, 설마 아닐 거야! 그 짧은 새에 그런 말도 안 되는 일이 벌어졌을 리가 없잖아…….'

진영언은 순간적으로 뇌리를 스친 상념을 얼른 머릿속에서 털어냈다.

상상만으로도 끔찍하다.

특히 그 같은 환경을 완벽하게 조성한 당사자가 바로 자신이란 점에서 더욱 그러했다.

그때 운검이 멍청한 표정을 짓고 정원 한복판에 서 있는 진영언에게 다가와 말했다.

"진 소저, 어째서 바보 같은 표정을 짓고 있는 거야? 얼른 위 소저의 침실로 가봐. 슬슬 날이 밝아오고 있긴 하지만 사내인 내가 여인의 침실로 들어갈 순 없잖아."

"저기 그게……."

"왜? 그런 부탁도 들어주지 못하겠다는 거야? 그럼 내가 밖에서 인기척을 내보도록 하고."

"아니, 그게 아니라… 사실 그녀는 지금 침실에 있지 않아."

"침실에 없다고? 그럼 어디에 있는데?"

"그게, 사실은 여기에 있어야 하는데……."

"여기?"

"그, 그래. 그런데 없네. 분명히 여기에 내가 마혈하고 아혈을 점혈한 후에 얌전히 놔뒀었는데 말야."

"……."

운검은 자신을 바라보며 어색하게 웃고 있는 진영언의 얼굴을 묵묵히 살핀 후 그녀가 가리킨 장소로 바짝 다가섰다. 어느새 바닥 가까이 얼굴까지 가져다 대고 있다. 조금이나마 남아 있을지 모를 흔적을 찾기 위함이었다.

'풀잎이 눌려 있다. 누군가 엉덩이로 깔고 앉았었다는 뜻. 그리고 배후로 다가든 발자국이 두 개. 무공이 높지 않은 자다. 위 소저를 들쳐 업고 움직인 발자국의 깊이가 한층 깊은 것으로 알 수 있다.'

운검의 뇌리로 스쳐 가는 얼굴이 하나 있다.

다름 아닌 천간노옹이다.

전날 천신과 같은 위세를 보인 운검의 일행인 위소소에게 손을 댈 만한 인물은 현재 그밖에 없었다. 무공을 제압당하긴 했으나 위소소 한 명쯤 업고서 움직일 만한 기력은 있을 터였다. 운검에게서 대원금도를 되찾고 싶을 테니까 말이다.

'아직 그리 멀리 가진 못했을 거다. 이곳은 섬이고 배는 모조리 거경방이 관리하고 있으니까. 게다가 진 소저가 위 소저를 홀로 놔둔 시간은 그리 오래되지 않았다.'

내심 염두를 굴린 운검의 곁으로 진영언이 다가왔다.

대범한 그녀이나 표정이 조금 어둡다. 혹여라도 운검이 자신을 탓할까 봐 겁을 먹은 것이다.

"저기 나는 절대로……."

"나는 진 소저를 믿어!"

"그래, 나는 그런 짓을 할 만큼 속이 좁진 않다구!"

"나도 알아."

"……."

진영언이 운검의 대답에 자신도 모르게 입을 다물었다. 그의 단호한 대답에 가슴이 크게 뛰었다. 일시 어찌해야 할 바를 모르게 되어버렸다.

그러는 사이 운검은 발걸음이 향한 방향을 빠르게 눈대중으로 가늠했다. 어디로 향했는지 대충이나마 알아둬야 추적하기가 용이하단 판단이었다.

곧 결론이 내려졌다.

그렇다면 계속 시간을 끌고 있을 까닭이 없다. 내심 천간노옹의 행로를 그려본 운검이 곧바로 신형을 날렸다. 진영언이 지체없이 그 뒤를 따랐음은 물론이었다.

* * *

천간노옹은 위소소를 들쳐 업고서 얼른 기암절벽으로 둘

러싸인 항구의 반대편으로 향했다.

대여섯 척이 넘는 거경선과 소선들이 정박해 있는 항구.

천간노옹이 그곳으로 향하지 않은 이유는 자명했다. 그는 무공이 금제된 탓에 현재 그저 평범하게 완력이 조금 센 노인에 불과했다. 항구로 향한다 한들 결코 거경선이나 소선을 얻을 수 없다는 뜻이었다.

게다가 그는 운검과 진영언의 추적 역시 염두에 뒀다. 위소소가 사라진 걸 알면 그들이 반드시 항구부터 뒤질 거라 판단한 것이다.

'크헐헐! 내 언제고 오늘처럼 요긴하게 쓰일 일이 있을 거라 여기고 배 한 척을 숨겨놨었지. 하지만 이렇게 늘그막에 천하에 다시없을 절세미인을 보쌈하게 될 줄은 몰랐구나!'

대원금도?

현재 천간노옹의 안중 밖이었다. 전혀 관심조차 끌지 못하고 있었다.

처음엔 대원금도와 위소소를 바꿀 셈이었다. 분명 그런 의도로 그녀를 납치했다.

하지만 위소소의 용모가 어느 정도인가!

당세제일이라 해도 과언이 아니다. 나이가 많든 적든 사내라면 마음이 크게 동하지 않을 재간이 없다. 게다가 천간노옹은 대원금도를 관부에서 탈취한 후 줄곧 도피행을 벌여왔다. 여인을 가까이할 수 있을 리 만무했다.

당연히 위소소 같은 천하절색과 살을 맞댄 채 도주를 하다 보니 자연스럽게 음심이 크게 일어났다. 만약 이곳이 섬이고 지금 당장 배를 구해서 달아나야 하지 않는다면 당장 그녀를 덮쳤을 터였다.

그는 생각했다.

'흥, 대원금도 따위가 뭐냐! 한왕(韓王) 진우량의 막대한 군자금이 숨겨진 무덤 위치? 도마제(刀魔帝) 독고천휘의 숨겨진 비학(秘學) 또한 얻을 수 있다고? 지랄이다! 다 개 같은 헛소리야! 그런 헛소리에 속아서 지난 십수 년간을 허비하다니! 내가 잠시 미쳤던 게야! 미쳤던 거! 하지만 덕분에 말년이나마 이런 미인을 얻게 되었구나! 크흐흐흐!'

한왕 진우량은 원나라 말기의 인물로 명태조 주원장, 장사성 등과 함께 천하를 두고 다투던 효웅이다.

그는 주원장과의 싸움에서 대패한 후 종적이 묘연해졌는데, 전해지는 말에 의하면 당시 사용치 못하고 남긴 군자금이 수백만 금에 이르렀다고 한다.

또 도마제 독고천휘는 백여 년 전의 인물로 당시 한 자루 금도를 들고서 천하를 종횡하던 마도(魔道)의 일대도객(一代刀客)이었다.

당시 최전성기를 구가하던 구대문파와 개방, 팔대세가—현재의 사패 외에 당가, 모용가, 남궁가, 언가를 이른다—의 무수한 고수들이 독고천휘에게 무릎을 꿇었다. 결국 연합 공격조차

서슴지 않았으나 누구 하나 그의 앞을 가로막아 설 수 없었을 정도의 무적고수였다.

그러나 도마제 독고천휘 역시 훗날 자취를 감쪽같이 감춰 버렸다. 후인이나 휘하 세력조차 남기지 않은 채 완벽할 정도로 세상에서 증발해 버린 것이다.

덕분에 그 후 마도와 사파 일맥은 정파천하 속에서 구마련이 다시 준동하기 전까지 침묵을 지켜야만 했다. 정파의 기둥인 구대문파와 개방, 팔대세가에서 배출된 고수들이 줄곧 천하제일인의 위치를 고수했기 때문이다.

사정이 이러니 대원금도에 얽혀 있는 사연들은 하나같이 범상치 않았다. 만약 진짜로 밝혀진다면 천하에 피바람이 불 수도 있을 터였다.

물론 진짜 비밀이란 게 있다면 말이다.

천간노옹은 우연찮게 대원금도를 얻은 후 수없이 많은 나날 동안 비밀을 풀기 위해 최선을 다했다. 그가 행한 짓 중에는 진짜로 말도 안 되는 것이 한둘이 아닐 정도였다. 그 정도로 대원금도의 비밀을 풀기 위해 노력했다.

하지만 그 같은 십수 년간의 노력에도 불구하고 천간노옹은 대원금도에서 어떤 비밀도 밝혀낼 수 없었다. 그가 취한 대원금도는 그저 다른 칼보다 조금 더 날카롭고 단단한 보도에 불과했다. 그 외엔 어떤 특별한 점도 없었다.

하물며 위소소 같은 절세미인을 수중에 넣고 보니, 다른 마

음이 생기지 않는 게 이상한 일이었다.

배를 숨겨놓은 기암절벽 쪽으로 향하는 동안 그의 심중에서 대원금도에 대한 아쉬움은 어느새 흔적조차 남기지 않고 사라져 버렸다.

그렇게 천간노옹이 가쁜 숨을 내쉬며 기암절벽을 타고 내려가 배를 숨겨놓은 장소에 막 도착했을 무렵이다.

철썩!

쏴아아아아!

느닷없이 천간노옹의 바로 앞에서 거대한 파도가 쳐왔다. 바다가 아닌데도 그 위세가 자못 무섭다. 새벽이 막 밝아올 때라 바람이 심하게 부는 까닭이다.

평생을 대강에서 살아온 천간노옹이나 그는 지금 평생 동안 수련했던 무공이 거진 금제당한 상황이었다. 내공진기는 전혀 사용하지 못하고 기껏해야 외공 정도나 조금 사용할 수 있을 뿐이었다.

휘청!

거기에 등에 짊어진 위소소의 무게까지 더해져 천간노옹은 거의 바위 사이로 나뒹굴 뻔했다. 균형을 잃어버린 것이다. 그로 인해 비참한 꼴을 당하게 되리란 건 불문가지다.

'응?'

희한하게도 천간노옹은 완전히 균형을 잃은 상태를 완벽하게 빠져나왔다. 그가 막 넘어지기 직전에 기묘한 훈풍이 불

어와 잃어버린 균형을 잡아줬기에 가능한 일이었다.

천간노옹은 제법 나이를 먹은 노강호다.

그러나 평생 이런 괴이한 일을 경험한 바가 없다. 특히나 지금처럼 도주를 하고 있는 상황이라면 바짝 긴장을 하게 되는 것이 당연하다.

슥!

균형을 다시 확실하게 잡은 상태임에도 천간노옹은 짐짓 노구를 다시 휘청거렸다. 그러면서 남몰래 품속에 손을 집어 넣었다. 위소소를 납치하기 전에 준비해 뒀던 사독(沙毒)을 한 움큼 빼 든 것이다.

'이 사독은 지독한 물건이야. 웬만한 고수라도 피부에 닿으면 지독한 고통을 느끼게 돼. 나도 만약 독사장(毒沙掌) 수련을 하지 않았다면 이걸 맨손으로 잡을 수는 없으니까 말야. 어떤 놈인지 재수없게 걸렸다.'

사독.

일정 기간 동안 독수(毒水)에 담가서 독 기운을 잔뜩 먹인 모래를 뜻한다.

보통 독사장을 주특기로 하는 좌도방문에서 주로 사용하는데, 의외로 지독한 독암기였다. 자칫 한 알갱이라도 달라붙으면 심한 고통과 함께 피부가 타 들어가기 때문이다.

천간노옹의 사문이 본래 그 같은 좌도방문의 문파였다.

그래서 그는 독사장과 함께 사독의 제조법도 알고 있었는

데, 그동안 신분과 사승 내력을 숨기기 위해 이를 사용치 않아 왔다. 혹시라도 자신이 대원금도를 탈취한 사실이 발각되어 사문에 피해가 갈 것을 걱정한 것이었다.

그런 그가 사독을 준비했다.

한마디로 이판사판이란 뜻이었다.

그때 신형을 비틀거리고 있는 천간노옹에게 다시 그 괴이한 기운이 다가들었다.

훈풍?

이번엔 아니었다.

마치 천간노옹이 사독을 몰래 준비하고 있었던 걸 눈치 챈 것처럼 느릿하게 다가든 기운은 갑자기 광풍으로 변했다. 천간노옹이 사독을 하독한다면 오히려 자신이 모조리 뒤집어쓰게 될 판이었다. 그 정도로 거센 기운이었다.

"이런 빌어먹을!"

천간노옹이 나직하게 이를 갈았다. 사독을 하독하기는커녕 자신이 죽게 생겼다. 눈으로 확인조차 못했으나 상대는 그가 상대할 수 없는 엄청난 고수임이 분명했다.

풀썩!

천간노옹이 등에 짊어지고 있던 위소소를 바닥에 내려놨다.

순간적으로 위소소를 업은 채로는 몇 걸음 가기도 전에 괴이한 기운을 쏘아낸 고수에게 붙잡히리란 판단을 내린 것이

다. 그는 숨겨놓은 배 쪽으로 달려가며 생각했다.

'그년은 대단한 미인이다! 그 미모에 혹해서라도 날 쉽사리 추격하진 않을 것이다!'

천간노옹의 판단은 틀리지 않았다.

최소한 한동안은 그랬다.

그가 숨겨놓은 배 쪽으로 달려가는 동안 더 이상 괴이한 기운은 따라붙지 않았다. 암습이나 호통성 같은 것도 없었다. 그냥 도주를 묵인해 주는 것 같았다.

그런데 막 그가 배를 숨겨놓은 장소에 도착했을 때였다. 갑자기 빙옥처럼 차가운 여인의 목소리가 울려 퍼졌다.

"날 납치하려던 자예요! 당장 죽여 버리세요!"

'이런 씨부럴! 설마 그년과 알고 있던 놈이었냐?'

천간노옹은 내심 욕설을 터뜨렸다.

재수가 없어도 이리 없을 수가 있을까!

하필이면 그가 납치한 위소소와 안면이 있는 고수와 배를 숨겨놓은 장소에서 맞닥뜨렸다. 거기에다 스스로 인질을 포기하는 악수까지 뒀다. 연달아 바보짓을 저지른 것이다.

'맨 처음, 날 쓰러지지 않게 도와준 건 사실은 그년이 다칠 것을 걱정한 행동이었구나! 왜 그걸 깨닫지 못했을꼬?'

너무 늦은 후회였다.

퍼퍽!

숨겨뒀던 배에 한 발을 걸친 상태로 천간노옹의 몸이 폭죽

처럼 폭발해 버렸다.
 어리석은 욕망.
 감히 천상의 거위를 먹으려 한 노필부의 최후였다.

 타탁!
 아혈에 이어 마혈까지 풀린 위소소가 힘겨운 표정으로 몸을 일으켜 세웠다.
 새벽.
 기암절벽에 부딪쳐서 튕겨져 나오는 바람에 섬세하고 연약한 몸이 날아갈 것만 같다. 과거 대성을 눈앞에 두고 있던 소수현마경을 지니고 있을 때와는 판이하게 다른 모습이다.
 문득 그녀의 곁으로 흐릿한 그림자 하나가 다가섰다.
 바람에 흩날리는 백발흑염.
 청수한 얼굴에 현기 어린 눈빛이 인상적인 초로 수사의 정체는 구마련 사대마종의 수좌인 천종독심 가극염이었다.
 그는 방금 전까지 한 척의 일엽편주(一葉片舟)에 몸을 의지하고 있었다. 섬에 도착하기도 전에 천간노옹과 위소소를 발견하고 연달아 신공을 발휘한 것이었다.
 그 후 한 걸음을 내딛어 일엽편주을 벗어난 그는 위소소의 앞에 이르렀다. 그리고 곧바로 위소소를 부축하니, 마치 본래부터 그 옆에 서 있었던 것이나 다름없다.
 '천종 사부. 못 본 새 더욱 무공이 진보했구나. 다른 사부

들과 비교가 안 되는 무공을 지닌 건 알고 있었지만, 이리 신출귀몰의 경지에 이른 것은 내 몰랐거늘…….'

위소소는 자신의 어깨를 살포시 부축하고 있는 가극염의 손길에 담긴 부드럽지만 굳건한 기운에 내심 크게 놀랐다. 비록 소수현마경을 봉쇄당한 처지라곤 하나 무공을 보는 안목까지 사라진 건 아니다.

방금 전 목도한 가벼운 한 수.

그녀가 과거에 알고 있던 가극염의 무위와 비교해 볼 때 큰 차이가 있다. 현재의 그녀로선 감히 짐작조차 할 수 없는 경지인 것이다.

내심 위소소가 놀라고 있을 때 가극염이 담담한 표정으로 말했다.

"대공녀, 어쩌다가 이리되셨소이까? 몸속의 내공진기가 하단전에 갇힌 채 미동조차 하지 않고 있으니……."

"그건……."

위소소는 입술을 떼었다가 곧바로 말끝을 흐렸다.

문득 떠오른 얼굴.

운검이다.

어째서인지는 모르겠다. 그녀는 전날보다 월등히 무위가 높아진 것 같은 가극염 앞에서 그에 대해 말하기가 꺼려졌다. 쉽사리 말을 꺼내놓기가 어려웠다.

이런 변화는 소수현마경의 영향하에 있던 당시엔 상상조

차 못했던 일이다. 당연히 현재의 복잡한 심경을 위소소가 이해할 수 있을 리 만무하다.

끝내 위소소가 입술을 다물자 가극염의 현기 어린 눈에 살짝 이채가 스쳐 갔다. 일반적인 이채가 아니다. 기묘하게 사람의 마음을 홀리는 붉은 광채였다.

그러나 그 붉은 광채는 나타날 때보다 빨리 모습을 감췄다. 가극염의 바로 앞에 있던 위소소조차 미처 발견하지 못했을 정도다.

가극염이 부드럽게 말했다.

"대공녀에게 말 못할 사정이 있는 듯하구려. 굳이 캐물을 의도는 없었으니 고심하진 마시오."

"고, 고마워요."

"별말씀을."

"……"

자신도 모르게 가극염에게 인사를 했던 위소소의 안색이 살짝 변했다.

그녀는 가극염에게 인사를 한 후 깜짝 놀랐다.

이런 진심이 담긴 인사.

과거엔 단 한 번도 해본 적이 없다. 그렇다기보다는 아예 상상조차 해본 적이 없다. 소수현마경을 연마한 후 인간적인 감정이 서서히 사라져 갔기 때문이다.

당연히 그녀에게 소수현마경의 수련을 권유한 가극염은

그 같은 사실을 누구보다 잘 알고 있었다.

그럴 수밖에 없다.

그녀의 첫 번째 사부로서 무공 연마 당시의 일거수일투족을 줄곧 관리감독해 온 당사자이니까 말이다.

'그런데 천종 사부는 어찌 내가 인간적인 감정을 드러낸 것에 대해 이리 태연한 반응을 보이는 걸까? 당사자인 나조차도 해연히 놀라 버렸거늘…….'

위소소의 마음 한 켠에 그늘이 드리워졌다.

의심이다.

눈앞에서 부드럽게 미소 짓고 있는 가극염에 대한 의혹이 그녀의 마음을 어지럽혔다.

그때 기암괴석으로 둘러싸여져 있는 섬의 절벽 주변을 한 차례 훑어본 가극염이 말했다.

"대공녀, 승룡비천검 운검은 어디에 있소이까?"

"승룡비천검?"

"대공녀를 이곳까지 납치해 온 자를 말하는 거외다. 그자에게 대공녀의 내공도 금제를 당한 게 아니외까?"

"……."

위소소가 침묵 속에 가극염을 바라보다 갑자기 질문을 던졌다.

"천종 사부, 반마반선(半魔半仙)의 수련은 어떻게 되어가고 있나요? 오랜만에 재회해서 그런지 천종 사부의 무위가 더욱

고명해진 것 같은데?"

"반마반선이라… 본래 천하의 모든 무학은 태극의 일원(一元)에서 나오게 마련이외다. 그러니 마(魔)든 선(仙)이든 본시 하나라고 할 수 있소이다. 어찌 노부가 마와 선을 절반씩 수련하겠소이까? 그건 역천(逆天)이니 결코 성공할 수 없는 일일 것이외다."

"그렇다면 평생을 바쳐왔던 반마반선의 수련을 포기하신 건가요?"

"허허허! 그야말로 잘못된 길을 깨닫고 올바른 길로 들어섰다고 보는 것이 옳지 않겠소이까?"

'이럴 수가! 이자는 천종 사부가 아니다! 천종 사부는 반마반선 같은 건 처음부터 수련조차 하지 않았어! 그런데 어째서 전혀 어색함이 없는 것일까? 역골환체비술을 사용한다 해도 이렇게까지 위화감을 지울 수는 없는 것을.'

역골환체비술은 마도제일의 환신술이고 역용술이었다.

그 이상 가는 건 천하에 존재하지 않았다.

무엇보다도 그 요체를 가장 명확하게 이해하고 수련한 위소소가 잘 알고 있었다.

하지만 그런 역골환체비술이라도 친인조차 못 알아보게 인체를 변형시킬 순 없었다. 만약 그런 경지가 가능했다면 천하는 당장에 겁난에 빠지고 말았을 터였다. 역골환체비술을 이용해 천하 각대문파의 비학을 빼내고 내부를 제 맘대로 교

란시키는 방법으로 말이다.

하물며 위소소는 가극염과 아주 어렸을 때부터 알아왔다. 그는 친히 위소소를 위험에서 구출해 내고 무공을 가르쳤다. 가장 가까운 친인이나 다름없었다.

그 점이 위소소를 망설이게 했다.

눈앞에 있는 자!

그는 가극염이되 가극염이 아니었다. 이미 의혹은 확신으로 바뀌어 있었다.

어떻게 그런 일이 벌어질 수 있을까?

위소소는 짐작조차 할 수 없었다. 천하 마도의 모든 마공이학을 집대성했다고 알려진 구천마제 위극양에게조차 이 같은 괴이한 얘기는 들어본 적이 없었기 때문이다.

그때 침묵에 빠져 있는 위소소에게 가극염이 담담히 미소 지었다.

그리고 눈빛.

어느새 그의 현기 어린 눈에는 예의 붉은 광채가 머물러 있었다. 이번엔 저번처럼 빠르게 사라지지 않는다. 본색이 탄로 났음을 눈치 챈 것이다.

"하하, 과연 구천마제 위극양의 혈육이로군. 쉽지 않은 상대야. 어디에서 파탄을 발견한 것이지?"

'여전히 천종 사부의 목소리! 하지만 말투나 억양이 전혀 다르다!'

내심 경계심을 크게 가지면서도 위소소가 침착한 표정으로 말했다.
"내가 연마한 건 소수현마경이다!"
"소수현마경?"
"오라버니께서 천사심공을 완성하는 과정에서 봉인하신 마공이다. 대성을 앞둘수록 인간적인 감정이 사라져 가니, 현재 내 모습은 평상시와는 전혀 다르다 할 것이다. 그러니 네가 진짜 천종 사부였다면 그걸 몰랐을 리 없지 않겠느냐!"
"그렇군. 천사심공의 형제 마공이 존재하고 있었어."
미미하게 고개를 끄덕여 보인 가극염이 입가에 다시 담담한 미소를 매달았다. 여전히 평상시 가극염이 보이던 표정과 다름없는 모습이다.
위소소가 참지 못하고 질문했다.
"궁금한 점이 있다."
"천종독심 가극염의 생사?"
"그렇다. 너는 분명히 천종 사부가 아닌데, 천종 사부와 다름없는 모습을 하고 있다. 그건……."
"그거야 물론 내가 천종독심 가극염이기 때문이겠지. 대공녀의 앞에 있는 자는 분명 천종독심 가극염 본인이 맞아."
"배교(拜敎)의 심령제어인가? 아니면 천종 사부를 붙잡아서 활강시(活殭屍)로 만든 거냐?"
"틀렸다. 생각은 제법 많이 한 것 같지만."

한차례 고개를 가로저어 보인 가극염이 입가에 머문 미소를 더욱 짙게 만들었다.

"천종독심 가극염은 모사야. 배교의 심령제어가 비록 마도제일이라곤 하나 그같이 머리를 굴리는 걸 업으로 삼는 자에겐 적용키 힘들어. 그리고 활강시란 건 쉽사리 만들 수 있는 게 아니지. 가극염 같은 초절정고수라면 적어도 십 년간의 제련 기간이 필요해. 이렇게 자연스럽게 움직일뿐더러 이성을 갖게 만들기도 불가능하고 말야."

"그럼 뭐지? 너는 도대체 뭐야!"

"나?"

자신을 손가락으로 가리켜 보인 가극염이 입가에서 미소를 지웠다.

번뜩!

그와 동시에 일어난 두 눈의 혈광.

"악!"

삽시간에 자신의 눈 속으로 파고든 강렬한 빛의 화살에 위소소가 참지 못하고 비명을 터뜨렸다. 가짜 가극염의 본색을 추궁하느라 마음이 크게 격동해 혈광의 폭류에 무방비 상태가 되어버렸다.

휘청!

일시 두 눈에서 정기가 사라진 위소소가 신형을 비틀거렸다. 당장이라도 다리에서 힘이 풀려 쓰러질 것만 같다. 혼이

완전히 나가 버린 것이다.

그러나 가극염의 시선은 이미 그녀를 향해 있지 않았다.

힐끔.

두 눈에 깃든 혈광을 거둔 후 한차례 곁눈질한 게 다였다. 대신 그는 기암절벽 쪽을 예의 현기 어린 시선으로 바라봤다. 입가 역시 담담한 미소가 다시 깃들어 있었다.

"승룡비천검 운검. 마신흉갑을 얻었다지? 능력이 어느 정도나 될지 궁금하구나!"

"……."

혼잣말이다.

대답 같은 건 없었다.

대신 창룡이 울부짖는 듯한 휘파람 소리가 들려왔다.

第四十九章
일도양단(一刀兩斷)
절금단옥의 보도로 일격에 승부를 가리고자 한다!

華山
劍宗

휘이이이익!

나지막하면서도 쉬임이 없는 소리.

처음은 그리 크지 않았다. 웅장한 느낌도 없었다. 그저 들릴락 말락 하는 정도로 귓전을 파고들었다.

그러던 게 시간이 조금 지나자 달라졌다.

점차 소리 자체가 높아지더니 곧 창룡이 용틀임을 하듯 천지사방으로 퍼져 나갔다. 끊임없이 소리에 소리가 더해져서 사람의 행동을 억압하고 강요하는 기운을 띠었다. 듣는 것만으로도 휘파람을 부는 당사자의 뜻을 거스를 수 없는 기분이 들게끔 만들었다.

가극염으로 하여금 조바심을 느끼게 만든 건 바로 그 점이었다.

그는 느닷없이 울려 퍼진 휘파람 소리가 자신의 심령 속으로 파고들어 와 마구 심사를 헝클어놓기 시작하자 더 이상 위소소와의 대화를 유지할 수 없었다. 그녀와의 대화로 정보를 얻어내기를 포기하고 배교의 이혼대법(離魂大法)을 펼친 건 바로 그 때문이었다.

'이 정도면 소림사의 항룡범창(亢龍梵唱)이나 고대 전진파의 탄검선창(歎劍仙唱)과 비교해도 결코 못하지 않겠군. 은연중에 항마(降魔)의 기운이 담겨져 있어서 심령에 타격까지 주고 말야.'

항룡범창과 탄검선창.

하나는 소림사의 칠십이종절예에 속한 사자후신공(獅子吼神功)을 뛰어넘는 음공이고, 다른 하나는 북송 말엽 융성했으나 원나라 시대에 멸절된 도가일맥인 전진파의 전설적인 절학으로 현 무림 중에 아는 자가 거의 없었다. 가극염은 운검이 위소소를 찾는 동안 내뱉은 휘파람 소리를 그 같은 전설상의 절학과 비교한 것이다.

그리고 바로 그때다.

마치 가극염이 절벽 쪽에 시선을 던지길 기다리고나 있었던 듯 표홀한 그림자 하나가 모습을 드러냈다. 위소소가 터뜨린 비명성을 듣고 뒤따르던 진영언조차 뒤로 떨군 채 절벽 쪽

으로 날아든 운검이었다.

'위 소저……'
운검은 휘파람 소리와 함께 기암절벽 끝에 도착하자마자 곧바로 검결지를 펼쳐 보였다.
금일임휘시!
검결지를 따라서 자하의 검기가 줄기줄기 일어났다.
동시에 새벽의 대기가 격한 파랑을 일으켰다. 마치 막 떠오르려 하고 있는 여명이 운검의 검결지를 따라 일어난 것 같았다. 그런 광경이 일시 형성되었다.
그와 더불어 운검은 차갑게 가라앉은 시선을 절벽 아래쪽으로 던졌다.
위소소.
이혼대법에 의해 의식을 잃은 그녀의 모습이 가냘프고 위태롭다.
어째서 그런 모습이 되었을까?
짐작조차 가지 않는다.
바로 그때 자하구벽검을 펼쳐 전신을 보호하고 있던 운검의 신형이 뒤로 두 걸음 물러났다. 금일임휘시로 만들어진 자하의 검벽에 일시 둔탁한 타격음이 연달아 터져 나온 건 그 뒤였다.
따다다다당!

운검은 귓전을 울리는 타격음에 눈살을 가볍게 찌푸렸다.

검결지한 손가락.

저릿하다.

대성을 이룬 자하신공의 형태. 자하신강이 바탕이 된 자하구벽검의 방어막을 통해 타격감이 전이되었다. 순간적으로 그만큼이나 되는 압력이 가해진 것이다. 타격음과 동시에 신형을 뒤로 물렸는데도 그러했다.

'위험!'

운검은 내심 경호성과 함께 다시 신형을 좌우로 분신시켰다.

신행백변이다.

그는 자하의 검벽을 때린 것보다 더한 압력이 가중되기 전에 움직였다. 변화로써 소름 끼칠 정도로 강력한 정체불명의 타격으로부터 벗어나려 했다.

반격은 그 뒤였다.

일단은 신행백변으로 한숨을 돌리는 게 우선이었다.

그런데 막 그의 신형이 십수 개의 분영을 만들어내려는 찰나였다.

우르르!

운검이 서 있던 절벽의 한 켠에서 천지가 무너지는 듯한 굉음이 일었다.

굉음뿐이 아니다.

진짜로 기암절벽의 한 켠이 붕괴를 일으켰다. 운검이 서 있던 자리 자체가 지진이라도 난 것처럼 균열이 가더니, 절벽 아래로 무너져 내린 것이다.

"케헥!"

운검은 기가 막힌 나머지 나직한 비명을 터뜨렸다. 느닷없이 맞닥뜨린 상황이 도무지 평범치가 않았기 때문이다.

결국 어쩔 수 없이 신행백변의 변화를 포기하고 발끝을 교차시킨 운검이 구궁보를 이용해 뒤로 물러섰을 때다.

쉬악!

귓전을 울리는 날카로운 소성.

그와 함께 대붕괴를 일으킨 기암절벽의 틈바구니로 가극염이 천마행공(天馬行空)을 이용해 날아올랐다. 예의 기괴무쌍한 내력을 쏟아내 운검을 공격하고 절벽의 한 켠을 무너뜨린 후 백수십 장이 넘는 절벽 위로 뛰어오른 것이다.

당연히 그것뿐일 리 없다.

단숨에 절벽 뒤로 물러선 운검의 머리 위로 뛰어오른 가극염의 쌍수가 번개같이 앞으로 내뻗어졌다.

콰릉!

방금 전 절벽의 한 켠을 붕괴시킨 불가사의한 공력.

칠흑 같은 암흑을 연상시키는 암흑마장(暗黑魔掌)이 천번지복할 굉음과 함께 운검을 노렸다. 덮쳐 왔다.

'지독한 압력!'

일도양단(一刀兩斷) 263

운검은 가극염이 붕괴된 절벽의 틈으로 신형을 뽑아 올릴 때부터 이미 크게 경계하고 있었다. 순식간에 자신을 노리며 압도적인 위력의 암흑마장이 쏟아졌으나 당황하지 않았다.

지직!

구궁보의 변화를 멈추고 정 자 자세로 하체를 안정시킨 운검이 검결지를 한 채로 자하의 검기를 다시 맹렬하게 쏟아냈다.

십년마일검!

전날 북궁세가에서 맹렬한 벽력탄의 폭발조차 두 쪽으로 갈랐던 쾌속의 검기.

완성된 자하신강마저 덧씌워졌다.

그 위력은 극강.

운검을 그대로 박살 낼 듯 휘몰아쳐 오던 두 개의 암흑마장이 순간적으로 두 쪽 났다. 운검을 바로 코앞에 둔 채로 좌우로 갈라져 버린 것이다.

쾅! 쾅!

운검의 좌우에서 폭발음이 터져 나왔다. 십년마일검에 의해 두 개로 나뉜 암흑마장의 기운이 운검을 아슬아슬하게 지나쳐 지면에 커다란 웅덩이를 만들었다.

"케헥!"

운검이 다시 나직한 비명을 토했다.

설마했다.

십년마일검을 펼친 것도 거의 본능적인 방어기재가 작동한 것이었다. 설마하니 가극염의 암흑마장이 이렇게 엄청난 위력을 지니고 있을 줄은 상상도 못했다. 방금 전 절벽의 한 귀퉁이가 무너진 게 결코 우연이 아니란 걸 이제야 알 수 있겠다.

 그때다.

 운검의 십년마일검에 자신의 암흑마장이 두 쪽으로 갈라지는 걸 목도한 가극염이 공중에서 신형을 한차례 회전하곤 바닥에 내려섰다.

 때마침 눈부신 일출과 함께 불어온 한줄기 바람!

 백색 장포를 흩날리며 운검 앞에 모습을 드러낸 가극염이 입가에 예의 담담한 미소를 만들어냈다.

 "승룡비천검 운검?"

 "승룡비천검인·건 모르겠고. 내 이름이 운검인 건 맞소."

 "그렇군. 그럼 방금 전에 내 암흑마장의 공력을 연달아 막아낸 건 화산파가 자랑하는 자하구벽검이겠군?"

 '내 뱃속의 회충 같은 노인이군. 어쩌다가 내가 이런 노인하고 원한을 맺었을까?'

 운검은 가극염과 맞대면하자마자 천사심공을 일으켰다. 한 번도 본 적이 없는 무지막지한 공력을 사용하는 가극염의 정체와 속셈을 파악하는 게 우선이란 판단이었다.

 그러나 아무런 소용이 없었다.

전날 제법 애를 먹였던 공야숙과 마찬가지로 가극염의 심사는 천사심공에 전혀 잡히지 않았다. 마치 암흑 속을 홀로 걸어 들어간 것이나 다름없었다.

"노인장은 거경방의 방주인 공야숙이 기다리던 자로군?"

"그는 죽었겠군? 자네의 그 같은 무위라면 공야숙과 권마 우금극이 합세했다 해도 상대가 될 수 없었을 테니까."

"그걸 알면서도 날 막으라 명한 거요?"

"시간만 끌라고 했다. 지형지세를 이용해 강남 깊숙한 곳으로 도망치는 걸 막을 정도의 역량은 그에게 있다고 여겼거든. 그런데 한 가지 파악하지 못했던 게 있었나 보군."

"그게 뭐요?"

"공야숙의 자만심과 공명심. 그냥 거경방의 세력과 대강의 물살을 이용해서 시간만 끌면 됐을 것을 쓸데없는 자만심과 공명심 때문에 대사를 그르칠 뻔했어."

"그는 자살했소. 스스로 몸을 폭발시켜서."

"본 교의 비전절학 중 하나인 천참만류멸신공이다. 공야숙이 그걸 사용했음에도 부상조차 입지 않았다니 정말 대단하군."

"그렇지도 않소. 진짜로 그때는 죽는 줄 알았으니까."

씁쓸한 대답과 함께 운검이 마신흉갑으로 보호되고 있는 가슴팍을 주먹으로 툭툭 두드렸다.

"만약 이놈이 없었다면 그 천참만류멸신공이란 거에 죽지

는 않았어도 크게 낭패를 당했을 거요. 그러니 그리 날 대단하게 치켜세울 필요는 없소."

"마신흉갑?"

"그런 이름으로 불린다고 들었소. 무슨 고대마교의 유물이라지요?"

"오랜 옛날, 위대한 절대마조에 의해서 천하무림이 최초로 마도천하가 되었을 때다. 당시 절대마조께서는 후인들에게 삼신기(三神器)를 남기시고 마선지로(魔仙之路)에 오르셨는데, 마신흉갑은 그중 하나로 알려져 있다."

"헤에!"

가극염의 자세한 설명에 운검이 나직이 탄성을 터뜨렸다.

고대마교와 절대마조.

꽤나 오랫동안 정파천하였던 무림 중에선 금기시되고 있는 것들이었다.

당연히 삼신기니 마선지로 같은 말들도 운검은 들어본 적이 없었다.

가뜩이나 청수한 얼굴의 노학자 같은 가극염이다.

그가 친절하게 설명해 주자 운검은 마음이 크게 동했다. 잘만하면 자신의 몸에 찰싹 달라붙은 후 꽤나 많은 조화를 부리고 있는 마신흉갑의 제대로 된 사용법을 알 수도 있겠다는 생각이 들었기 때문이다.

물론 세상사 그리 만만하진 않다.

마치 떡밥을 뿌리듯 운검의 호기심을 잔뜩 고조시킨 가극염이 얄미운 미소와 함께 입을 다물었다. 더 이상의 설명은 없었다. 끝난 것이다.
"그래서?"
"그래서?"
의뭉스런 가극염의 반문에 운검이 인상을 살짝 찡그렸다. 자연스레 뒤이어 흘러나온 말도 불퉁스럽다.
"그래서 그 뒤는 어찌 되었냐는 거요! 나한테 그런 옛날 옛적 얘기를 늘어놓은 연유가 있을 게 아니냔 말요!"
"그게 다야. 연유 같은 것도 없고."
"뭐 이런……."
운검이 한바탕 욕설을 퍼부어주려다가 입술을 한차례 꿈틀거렸다. 자신이 지금 화를 내봤자 눈앞의 가극염은 백미 한 올 까딱하지 않을 것임을 알고 있었기 때문이다.
그때 가극염이 주변을 곁눈질했다.
힐끔.
그저 한차례의 눈짓이다. 그다지 별다를 것도 없었다. 여상스럽게 넘길 수 있는 행동이었다.
그러나 운검은 이미 눈앞의 가극염을 대적으로 인정한 상태였다. 천사심공조차 통하지 않는 상황에서 그의 일거수일투족을 계속 주시하고 있었으니, 그 같은 행동을 놓칠 리 만무하다.

"뭐요?"

"응?"

"무슨 짓을 꾸미고 있냐는 거요! 지금까지 나랑 말상대를 한 건 여느 노인들처럼 할 일이 무진장 없어서 심심파적 삼아 한 건 아닐 게 아니오?"

"그야 그렇지."

고개를 끄덕여 운검의 말에 순순히 동의한 가극염이 다시 시선을 좌우로 던졌다.

방금 전보다 노골적이다.

아주 많이.

그리고 흘러나온 한마디.

"이 섬은 본래 거경방의 근거지로 수적들의 숫자가 수백을 헤아리는데, 어째서 이 새벽에 이런 소란이 일어났는데도 달려오는 놈 하나 없는지 궁금하군."

"……"

운검이 입을 다물었다.

문득 뇌리를 스치는 얼굴이 하나 있다. 다름 아닌 그의 뒤를 바짝 따라붙고 있던 진영언이다. 그녀는 어째서 여태까지 모습을 드러내지 않고 있는 것일까?

'설마 이자! 날 이곳에 붙잡아둔 채로 섬에 반란이라도 일으킨 것인가?'

현재 거경방.

운검에게 일찌감치 항복한 부방주 독안수마 원상이 지휘하고 있다.

그는 전날 운검에게 방주 공야숙과 소두령들 대부분이 제압당한 터라 무리없이 휘하 수적들을 장악할 수 있었다. 거기엔 운검이 보인 초인적인 무력에 대한 공포심이 한몫했음은 물론이었다.

운검의 침묵이 길어지자 가극염이 입가에 예의 담담한 미소를 매달았다. 사람은 변함이 없는데 상황이 바뀌었다. 운검은 그의 미소 속에서 진한 음모의 냄새를 맡았다.

그때다.

운검이 순간적으로 확장시킨 천사심공을 통해 불분명한 형태의 사념들이 마구 쏟아져 들어왔다. 거기엔 진영언의 공포 섞인 심사 역시 포함되어 있었다.

* * *

"망할!"

진영언은 연달아 욕설을 내뱉었다.

평생을 녹림에서 보낸 그녀다. 욕을 한번 하려고 하면 결코 여느 파락호나 밑바닥 인생들에 못지않다.

교탈천공(巧奪天工)이라 했던가!

그녀의 욕설은 그 교묘한 경지가 실로 하늘의 장인이 심혈

을 기울여 만든 작품에 버금갈 정도였다. 그건 나름대로 그녀에겐 긍지이기도 했다.

그러나 지금 진영언이 입에 달고 있는 욕설은 극히 평범했다. 교탈천공은커녕 길가에 굴러다니는 돌멩이만도 못할 정도로 흔하디흔하게 들을 수 있는 수준이었다. 그건 그녀가 지금 그만큼 여유가 없이 몰려 있다는 뜻이었다.

방금 전.
진영언은 운검의 뒤를 바짝 뒤쫓고 있었다.
진경에 이른 불영신법.
운검의 무위가 비록 그녀보다 월등하다곤 하나 신법만큼은 결코 뒤떨어지지 않는다는 자부심이 있었다.
그런데 갑자기 운검이 눈살을 찌푸리더니 순간적으로 가속을 해서 그녀를 뒤로 떨어뜨렸다.
그야말로 얼떨결에 당한 일이다.
진영언은 잠시 멍청하게 운검의 사라진 자취를 눈으로 살피다 얼른 그 뒤를 따르려 했다. 비록 순간적으로 운검을 놓치긴 했으나 전력을 다하기만 하면 곧 그를 따라잡을 수 있을 거란 확신을 가지고 있었다.
바로 그때 주변의 상황이 급변했다.
섬의 이곳저곳에서 거경방의 수적들이 하나둘 모습을 드러내더니 진영언을 포위해 들어오기 시작한 것이다. 그것도

전날 봤던 어리버리한 모습과는 비교조차 안 될 정도로 대담하게 말이다.

진영언은 황당했다.

일시 급변한 상황에 손발이 어지러워져 가장 먼저 몸을 던져 온 수적의 칼날과 작살에 부상을 당할 뻔했다. 비록 무공이 강하고 실전 경험이 풍부한 그녀이나 이런 황당한 경우는 경험한 적이 없었기 때문이다.

그러나 달리 진영언이 강남 녹림의 총표파자가 아니다.

심정적인 허를 찔린 건 처음, 단 한차례뿐이다.

그녀는 곧바로 냉정을 회복했다.

일단 운검의 뒤를 쫓는 걸 포기하고 자신을 포위한 채 마구잡이로 달려들고 있는 수적들을 상대했다. 우선 손발을 바삐 움직여서 급한 불부터 껐다.

딱 미친개 같은 꼴의 수적들에게 일권일타에 이은 광풍백연타를 마구 펼쳐 낸 것이었다.

퍽!

퍼퍼퍼퍼퍼퍽!

불영신법이 기본이 된 진영언의 움직임은 눈부셨다. 거의 한참 동안 흐릿한 분영만을 남긴 채 연속적으로 수적들을 때려눕혔다.

가차없었다.

전혀 망설임없이 손을 썼다.

또다시 녹림의 싸움에 들어간 것이다.

그런데 이게 어떻게 된 것인가!

한참을 무지막지하게 독한 손속을 보였음에도 수적들은 뒤로 물러서지 않았다. 겁에 질리지도 않았다. 공격에 망설임조차 보이지 않았다.

"하악! 학!"

진영언은 점차 지쳐 갔다. 수백이 넘는 수적들이 목숨을 도외시하고 달려든다. 하나같이 동귀어진의 수법들만 펼친다. 호흡이 거칠어지고 점차 동작이 느려지지 않을 수 없다.

인해전술(人海戰術).

세상에서 가장 무서운 전법 중 하나다. 특히 지금처럼 아예 공포심이란 걸 상실한 것같이 몰려들 때는 진짜 답이 없다. 어쩔 수 없이 진영언의 움직임은 조금씩 축소되었다. 번개를 닮았던 권각의 속도 역시 점점 느려져 갔다.

그렇다.

지금 진영언의 욕설이 평범해진 건 바로 그런 연유였다.

뿐만 아니다.

진영언의 광풍백연타에 얻어맞고 널브러졌던 수적들이 불사신처럼 다시 일어서고 있었다. 그리고 마치 아무런 일도 없었다는 듯 달려들었다.

속도?

처음보다 더욱 빠르다. 공격 수법 역시 더욱 맹렬하고 사나

운 게, 마치 사람이 완전히 바뀐 것 같다.

'도대체 이게 뭐야? 어떻게 된 거냐구! 어떻게 이런 개 같은 일이 일어날 수 있는 거야!'

진영언은 평생 처음으로 자신보다 약한 무력을 지닌 자들에게 공포심을 느꼈다.

불사신 같은 존재들!

몇 번을 때려도 다시 일어서 덤벼드는 존재가 수백이다. 그 속에서 두려움과 공포를 느끼지 않는다면 그거야말로 이상할 터였다. 만약 이곳에 있는 사람이 진영언이 아니었다면 벌써 무력의 고하를 떠나 미쳐 버리고 말았을 것이다.

'이대로는 끝이 없다! 조금 무리를 해서라도 이 진절머리 나는 자식들의 포위진을 뚫어야만 한다!'

내심 마음을 결정한 진영언의 두 눈에서 안광이 번뜩였다.

언제 계속되는 공격에 위태로워졌는가 싶다.

퍽!

퍼퍼퍼퍼퍼퍼퍽!

그 같은 상황에서 연속적으로 광풍백연타의 절초를 쏟아내 잠시간의 여유를 회복한 진영언이 피가 나도록 아랫입술을 깨물었다.

두려움과 공포에 함몰되지 않기 위함이었다. 고통을 통해 전투력을 배가시키기 위함이었다.

과연 효과가 있다.

진영언은 지체없이 원정지기를 뽑아 올렸다.

순간 거진 텅 비어 있던 단전에서 한 가닥 강렬한 진기가 용솟음쳤다. 내가의 공부를 하는 자라면 목숨이 경각이 이르지 않는 이상 결코 사용치 않는 원정지기의 기운인만큼 여태까지완 비교가 되지 않는 충만감이다.

스스슥!

진영언의 신형이 갑자기 수십 개나 되는 분영을 일으켰다.

환상 따위가 아니다.

그녀의 불영신법이 극한까지 발휘되어 일어난 현상이다. 그 정도의 가속력이 붙었다.

더불어 폭발적인 광풍백연타와 함께 그녀가 앞으로 치고 나아가려 할 때였다.

사삭!

사사사사사사삭!

여태까지 단순한 원진을 형성한 채 개떼처럼 달려들기만 하던 수적들의 진형이 바뀌었다. 마치 어떤 불가사의한 존재에게 일괄적으로 명령이라도 들은 것 같다. 그렇지 않고서야 어찌 이런 변화를 삽시간에 보일 수 있겠는가.

"비켜!"

진영언은 개의치 않았다.

어차피 원정지기까지 뽑아 쓴 마당이다. 수적들의 진형이 바뀌든 말든 신경 쓸 여유 따윈 없다.

그녀는 잠시 멈칫했을 뿐 곧바로 불영신법을 가속시켰다.

스슥!

한 가닥 바람에 몸을 실은 진영언의 신형이 진형의 한쪽 축을 파고들었다. 그대로 돌파하려 했다.

그런데 그때 새롭게 진형을 구축하는 것 같던 수적들이 다시 개떼로 바뀌었다. 가속하는 진영언을 향해 인(人)의 장막을 펼친 채 마구 달려든 것이다.

퍼퍽!

진영언의 앞을 가로막았던 수적 두 명이 피떡이 되어 나뒹굴었다. 바닥에 쓰러지자마자 몇 차례 꿈틀거렸을 뿐 이번엔 다시 일어서지 못했다.

그들이 막아선 건 그 정도의 돌진력이었다.

하지만 단지 그뿐이다.

진영언은 연달아 인의 장벽을 펼친 수적들의 돌진을 더 이상 견디지 못하고 다시 신형을 뒤로 물렸다. 원정지기까지 끌어올려 감행한 진형 돌파가 수포로 돌아간 것이다.

흔들!

진영언은 가볍게 신형을 휘청거렸다. 원정지기가 훼손된 영향이다. 목울대로 핏물 역시 한 모금 치솟아올랐다. 방금 전의 돌진 중에 내상 역시 입은 것 같다.

"망… 할……."

또다시 진영언의 입술 새로 평범한 욕설이 터져 나왔다.

그리고 인 오싹한 소름!

일사불란하게 진영언의 탈출을 막아낸 수적들이 다시 흉포한 기세를 뿜어내며 몰려들어 왔다.

'운검……'

진영언의 뇌리 속에 떠오른 단 하나의 얼굴이다.

지금.

그가 몹시도 보고 싶었다.

     *   *   *

흠칫!

운검은 진영언의 사념을 읽은 순간 미간 사이를 살짝 좁혀 보였다.

활성화된 천사심공.

그 속으로 파고들어 온 건 진영언이 느끼는 공포와 위기의식, 그리고 자신의 얼굴이었다. 자존심 강한 그녀가 그리 길지 않은 시간 동안 이 정도나 심하게 몰려 버린 것이다.

하지만 이해가 가지 않는 게 있다.

도대체 어떤 존재가 지금 진영언을 그렇게까지 몰아붙이고 있는가다. 활성화된 천사심공에 걸려든 건 어디까지나 진영언의 사념뿐이었다. 그 외엔 전혀 이해가 가지 않는 불특정한 느낌이 전부였다.

'설마 이 섬에 또 다른 고수가 등장한 걸까? 하지만 이 기이한 느낌은 숫자가 꽤나 많다. 이해가 가진 않지만 만약 인간이 내뿜는 기운이라면 결코 한둘 정도가 아니야!'

번개같이 뇌리를 스친 생각 하나.

운검은 빠르게 염두를 굴린 후 어디까지나 여유만만한 가극염에게 퉁명스레 말했다.

"거경방에 방수를 준비해 뒀었던 것이오?"

"방수?"

"그렇소! 방수를 준비해 거경방 내에서 반란을 일으킨 게 아니오?"

"반란을 일으키게 한 건 오히려 자네 쪽인 것 같은데? 거경방은 본래 본 교의 관할하에 있었던 세력이란 말씀이야."

"딴은 그렇군."

미미하게 고개를 끄덕여 보인 운검이 짐짓 대수롭지 않다는 듯 질문했다.

"그런데 노인장은 어떤 종교에 귀의해 계신 것이오?"

"그런 것도 몰랐는가?"

"천하에 무수히 많은 게 도관이며 법당이고 사당인 것을 어찌 내가 쉽사리 짐작할 수 있겠소?"

"그런가? 그럼 더욱 쉽사리 가르쳐 줘선 안 되겠군. 손해를 볼 순 없으니까."

"손해는 무슨! 나잇살이나 먹어서 더럽게 짜게 구는군!"

"본래 내가 그래. 남에게 손해를 보는 건 항상 사양이지."
"그럼 평생 그렇게 살던가."
 운검이 퉁명스런 대답과 함께 일순 발끝으로 지축을 찍으며 앞으로 튀어나갔다. 그리고 곧바로 이어진 검결지.
 십년마일검!
 방금 전 가극염의 암흑마장을 쪼갰던 쾌속의 자하검기가 또다시 그를 노렸다. 미리 준비하고 있던 구궁보의 돌진력까지 겸비된 무시무시한 일격이다.
 그러나 막 십년마일검의 자하검기가 가극염을 두 쪽으로 가르기 직전이었다.
 스슥!
 가극염의 노구가 거짓말처럼 좌우로 나뉘었다. 순간적으로 이형환위를 일으키며 자하검기를 피해낸 것이다.
 그것만으로 끝일 리 없다.
 대번에 운검의 배후로 돌아 들어간 가극염의 쌍수가 다시 검은 기류를 일으켰다. 경천동지할 만한 위력의 암흑마장으로 이번엔 운검의 옆구리 명문혈(命門穴)을 동시에 노리고 들어왔다. 단지 눈 한 번 깜짝할 새에 벌어진 일이다.
 하지만 운검은 가극염의 암흑마장을 경험한 후 구천마제 위극양 이후 최강의 적수를 만났음을 직감하고 있었다. 반격에 대한 대비를 게을리 하고 있었을 리 없다.
 파곽!

일도양단(一刀兩斷) 279

앞으로 맹렬히 돌진하던 구궁보를 순식간에 신행백변으로 바꾼 운검의 신형이 뒤로 빙글 회전했다. 자신의 배후를 노리며 옆구리 쪽으로 파고들어 온 가극염에게 재차 반격을 가하려 급격한 방위 이동에 들어간 것이다.

파팟!

더불어 검결지를 푼 수장으로 쏟아낸 죽엽수!

횡(橫)으로 파고들던 암흑마장의 검은 기류를 운검의 죽엽수가 종(縱)으로 찍어눌렀다.

쾅!

벽력이 터져 나가는 굉음이 일었다.

일합.

두 명의 절대고수가 손속을 부딪치자 가뜩이나 균열이 가 있던 기암절벽의 이곳저곳이 쩍쩍 갈라졌다. 달리 벽력같은 굉음이 터져 나온 게 아니다.

휘릭!

운검은 자신의 죽엽수를 격렬하게 반탄시키는 암흑마장의 위력에 해연히 놀라며 신형을 위로 솟구쳐 올렸다. 금리도천파의 신법으로 암흑마장의 반탄력을 조금이나마 완화시키려는 의도다.

그러자 다시 그 뒤를 따르는 암흑마장의 검은 기류!

놀랍게도 가극염은 방금 전의 일합에 대한 타격이 전혀 없는지 곧바로 운검에게 공격을 감행했다. 그의 쌍수에서 쏟아

져 나온 암흑마장의 위력은 전과 동일하다. 놀랍게도 전혀 약해지지 않았다.

"케헥!"

운검은 버릇처럼 다시 비명을 터뜨렸다.

공중에 뜬 상태.

운신조차 제대로 하기 힘든 터에 흑룡이 비천하듯 꼬리를 물며 파고드는 암흑마장을 상대하기란 불가능에 가깝다. 비명을 터뜨린 것도 무리는 아니다.

그러나 운검이 입 밖으로 비명을 토한 것과 동시다.

빙글!

허공에 뜬 채 놀라울 정도의 굴신을 보인 운검의 수중에서 일시 금빛 광휘가 번뜩였다. 품속에서 대원금도를 뽑아서 이미 지척까지 이른 암흑마장을 베어낸 것이다.

번쩍!

일시 금빛 속에 자하의 빛이 어우러졌다.

암흑마장의 검은 기류가 단숨에 두 쪽 난 것은 물론이었다. 마치 운명지어진 것처럼 그리되었다.

그 속을 뚫고 운검이 떨어져 내렸다. 대원금도와 한 몸이 된 채다.

신검합일(身劍合一), 아니, 신도합일(身刀合一)이다!

운검은 번개가 무색할 속도로 가극염의 머리로 떨어져 내렸다. 그의 몸을 일도양단(一刀兩斷)해 들어갔다. 아예 이번

일격으로 승부를 끝장내려는 기세다.

쩡!

일시 수백 근 범종에 금이 가는 소리가 일었다. 그 정도의 굉음이 터져 나온 것이다.

그와 함께 가극염이 뒤로 두어 걸음 물러섰다.

연달아 암흑마장을 쏟아냈던 그의 양손.

마치 불가에 귀의한 선사(禪師)와도 같이 합장을 하고 있다. 운검의 신도합일을 놀랍게도 합장으로 막아낸 것이다.

정막.

신도합일을 한 채 가극염의 합장에 붙잡힌 운검의 신형이 공중에 뜬 상태로 미미한 떨림을 보였다. 그의 심중에서 의혹이 구름같이 일어났다.

'제기랄! 아무리 금강불괴를 이뤘다고 해도 그렇지! 어떻게 혈육으로 된 쌍수로 절금단옥의 보도에 실린 자하구벽검의 검강을 막아낼 수 있는 거냐구!'

찰나의 순간이다.

내심 욕설을 퍼부은 운검이 가극염의 합장한 양손에 단단히 끼어 있는 대원금도를 튕기며 다시 공중으로 뛰어올랐다.

티잉!

대원금도의 도병(刀柄)을 박차자 어느새 가극염의 얼굴이 코앞이다.

파파팍!

운검의 발끝이 소엽퇴법의 변화를 보이며 가극염의 양쪽 태양혈을 노렸다.

그가 스스로 합장을 풀게끔 하려는 공격!

과연 가극염이 고개를 뒤로 훌쩍 젖히더니 합장을 풀었다.

교차하는 발끝.

순간적으로 가극염의 신형이 대원금도를 낚아채 가는 운검의 배후로 돌아 들어갔다. 예의 그 보고도 어떤 수법인지 구별할 수 없는 기쾌한 보법이 다시 펼쳐진 것이다.

스슥!

운검은 이번에도 이미 대비하고 있었다.

툭!

대원금도를 손으로 낚아채는 대신 발로 걸어찬 운검의 검결지된 손에서 누에고치가 실을 뽑아내듯 자하의 검기가 줄기줄기 일어났다.

천우도무검!

발에 걸어채여 호선을 그리며 가극염 쪽으로 향하던 대원 금도가 일시 자하의 광휘에 휩싸였다.

그와 동시에 일어난 숨 막히는 검강의 파도!

막 운검의 배후로 파고들어 가던 가극염의 미간이 일시 가볍게 흔들렸다. 마치 기다렸다는 듯 자신을 노리며 쏟아지는 자하의 검강을 막을 재간이 없었기 때문이다.

푸확!

피가 솟구쳤다.

천우도무검에 이어 다시 대원금도와 한 몸이 된 운검의 십년마일검의 검기가 가극염의 좌수를 날려 버린 것이다.

그것으로 끝일 리 없다.

스슥!

연이어 신행백변을 펼치며 신형을 기쾌하게 이동시킨 운검의 대원금도가 이번엔 가극염의 심장을 노렸다. 좌수가 잘리며 일어난 피보라에 가극염의 시야가 가려진 틈을 타 승부를 끝장내겠다는 심산이었다.

푸쉿!

이번 역시 가극염은 피하지 못했다. 가까스로 심장에 구멍이 나는 건 면했으나 갈비뼈가 드러날 정도의 도상을 당했다. 갈비뼈도 두어 개 정도 잘려진 것 같다.

그러나 그런 중상을 당한 상태에서도 결국 가극염은 신형을 뒤로 뽑아냈다.

살을 주고 뼈를 취하는 수법!

운검에게 반격을 가하진 못했으나 살을 내어주고 뼈를 지키는 식으로 심장이 관통당하는 걸 면했을뿐더러, 제삼의 공격으로부터도 빠져나가는 데 성공했다.

"대단하군!"

운검이 나직이 찬탄했다.

방금 전의 연속 공격!

스스로도 목숨을 건질 자신이 없다. 그 정도로 섬뜩하고 무시무시한 공격이었다.

그런데 눈앞의 가극염은 그 같은 공격으로부터 생명을 건졌다. 완전히 재생 불능의 상태까지 내몰린 것도 아니다. 비록 적이긴 하나 무인으로서 존경심이 일지 않을 수 없다.

그때 가극염이 피에 젖은 채 입가에 예의 담담한 미소를 만들어냈다.

"역시 그렇군."

"뭐가 그렇다는 거요?"

"오 년여 전 구천마제 위극양을 죽인 매화검의 주인. 역시 자네였어."

"……."

운검으로선 다시 떠올리기 싫은 기억이다. 결코 영광스럽지 않고 웬만하면 잊어버리고 싶은 일이었다. 가극염의 말에 대답할 리가 없다.

운검이 긍정도 부정도 하지 않자 가극염이 여전한 표정으로 말했다.

"항상 궁금했지. 사부의 가장 뛰어난 제자 중 하나였던 구천마제 위극양이 어떻게 죽을 수 있었는지를. 하지만 자네, 승룡비천검 운검과 맞상대하고 보니, 당시의 싸움을 이해 못할 바도 아니야."

"구마련주에게 사부가 있었소?"

"있었지. 아니면 어떻게 그리 대단한 인물이 갑작스럽게 중원에 등장할 수 있었겠어?"

"그야……."

운검은 가극염의 말투가 갑자기 변하자 눈매를 살짝 찡그렸다.

피에 젖은 가극염.

지금 당장 죽어도 그리 억울할 것 같지 않은 모습이다. 그런데 그와 대화를 하자니 이상하게도 마음이 불안하다. 이겼다는 생각이 들지 않는 것이다.

슥!

운검이 일보를 움직여 다시 다가들려 하자 가극염이 여전한 표정으로 말했다.

"본 교의 강마대진(降魔大陣)은 주변에 있는 모든 생령(生靈)을 말살시킨다."

"강마대진? 그건 설마……."

"그래, 지금 네 친구의 목숨을 풍전등화(風前燈火)처럼 만들고 있는 기운의 정체야. 뭐, 네가 원수인 구마련의 대공녀를 더욱 중시한다면 지금 당장 눈앞에 있는 늙은이의 목을 베어버리면 될 테고 말야."

"……."

운검은 비로소 진영언이 어째서 공포에 젖어 있었는지 깨달았다. 무엇 때문에 자신을 애절하게 불렀는지도 짐작할 수

있었다.

'처음부터 이 빌어먹을 늙은이는 완벽하게 빠져나갈 수 있는 방비를 다 해두고 나타났다. 분하지만 이번에는 그에게 완패를 당하고 말았어.'

운검이 가극염을 차갑게 노려봤다. 뒤이어 흘러나온 목소리 역시 곱진 않다.

"늙은이! 두고 보자구!"

"……."

가극염은 대답하지 않았다. 대신 펄쩍 뛰어 절벽 아래로 몸을 던졌다. 운검이 이미 마음의 결정을 내렸음을 깨닫고 위소소에게 간 것이다.

第五十章

조강지처(糟糠之妻)
죽도록 함께 고생한 처를 개같이 버려선 안 된다

華山
劍宗

흔들!

눈부시게 밝아오는 여명을 등지고 있는 장대한 등판이 흔들린다.

황량한 바람이 부는 고봉(孤峰).

주변에 보이는 것이라곤 온통 눈으로 뒤덮인 산봉뿐.

별다를 것이 없어 보이는 장소에 홀로 가부좌를 틀고 앉아 있는 사내는 무언가 충격을 받은 것 같다.

그런 모습이다.

그때 여명 속에서 금빛 찬란하게 물들어 있던 산봉을 향해 사내가 눈을 떴다.

번쩍!

 여명을 뛰어넘는 안광의 발산과 함께 사내의 우람한 산맥과 같은 가슴의 근육이 맥동한다. 천하에서 오직 대종교의 소존주인 사우영만이 이 같은 육체를 가지고 있다.

 문득 사우영에게서 흔들림이 사라졌다.

 흔적조차 남지 않았다.

 마치 처음부터 그런 일은 존재한 적도 없다는 듯 그리됐다.

 "역시 천하는 넓군. 구천마제 위극양 사형이 죽은 후 중원에 더 이상 내 적수는 없을 거라 생각했거늘. 설마 내 강마전이대법(降魔轉移大法)이 깨질 줄은 몰랐어. 승룡비천검 운검, 생각했던 이상이야. 비록 구마련의 대공녀를 수중에 넣긴 했으나 쓸모가 많은 천종독심 가극염이 망가져 버렸으니, 예상 밖의 손해를 입은 셈이다."

 사우영의 중얼거림대로다.

 그는 방금 전까지 대종교 비전의 심법 중 하나인 강마전이대법을 이용해 천종독심 가극염을 조종하고 있었다. 그를 통해 위소소를 수중에 넣고, 운검의 무위를 시험했으며, 거경방의 수적들로 하여금 강마대진을 펼치게 만들었다.

 거경방의 주둔지인 섬에서 벌어진 일련의 사건.

 모두 그의 뜻대로였다.

 어느 하나 어긋남이 없었다.

그런데 한 가지 예상 밖의 일이 벌어졌다.

바로 운검의 무위였다.

설마했다. 초절정의 극에 이른 가극염을 숙주로 삼은 강마전이대법이 운검에게 깨질 거라곤 상상조차 못했다. 그것도 마신흉갑의 진정한 위력조차 끌어내지 못하고서 말이다.

'아쉽게 됐군. 천사여의신마공(天邪如意神魔功)의 회수만 아니었다면 그와 통쾌하게 싸워볼 수 있었을 텐데 말야……'

내심의 중얼거림.

더불어 사우영이 가부좌를 풀고 자리에서 일어서자 부근에 아무렇게나 주저앉아 있던 북궁상아가 고개를 갸웃해 보였다.

멍한 눈빛.

여전히 시력을 잃은 상태다. 그러나 지난 수개월간 청력과 기력은 크게 강화되었다. 줄곧 사우영에게 미녀살혼의 수행을 독려당했기 때문이다.

딸랑!

결국 그녀가 사우영을 따라 자리에서 일어섰다. 자연스레 수족을 옥죄고 있는 쇠사슬이 맑은 소리를 낸다.

쪼르르!

북궁상아가 딸랑거리는 소리를 내며 다가들자 사우영이 큼지막한 손을 내밀어 그녀의 머리를 쓰다듬었다.

미녀살혼의 수행으로 인한 이지의 상실.

그로 인해 북궁상아는 현재 한 마리 얌전한 고양이와 같다.

"갸르릉!"

그녀는 잠시 동안 고양이처럼 기분 좋은 소리를 내며 사우영의 손에 얼굴을 부볐다. 그런 그녀에게 과거 청명뇌음도의 모습 따윈 기대할 수가 없다.

"차라리 이런 상태가 좋을 것이다. 매일 밤 악몽으로 인해 고통받는 것보다는······."

"······."

대답이 없는 북궁상아에게 담담히 중얼거린 사우영이 그녀에게서 손을 떼어낸 후 장대한 신형을 돌려세웠다.

그러자 보이는 장대한 광경!

무수히 많은 설봉으로 둘러싸여 있는 장대한 대지.

바로 중원에서 쫓겨나 천산에 자리 잡은 구마련의 무수히 많은 고루거각들이다.

"만약 저곳에서도 위극양 사형의 시신을 찾을 수 없다면 어찌할까? 그냥 이참에 구마련 자체를 내 것으로 만든 후 천하무쌍의 절세미녀를 기다릴까나?"

나쁘지 않은 생각이다.

어차피 구마련을 세운 구천마제 위극양 역시 대종교의 한 일맥임은 부인할 수 없는 사실이기 때문이다.

"그럼 가볼까?"

"냐아!"

사우영의 나직한 중얼거림에 북궁상아가 대답했다. 여전히 인간이라기보다는 고양이 같은 울음이나 몽롱한 두 눈에는 어느새 섬뜩한 살기가 머물러 있었다.

먹이를 발견한 야묘(夜猫)!

딱 그 모습이다.

*   *   *

소름 끼치는 기분.

엄습해 오는 공포에 진영언은 함몰되지 않기 위해 안간힘을 써야만 했다.

그럴 수밖에 없다.

그녀를 포위한 채 몰려들고 있던 수적들.

권각으로 아무리 치고 밟고 때려도 소용없는 불사신 같은 존재들이다. 여태까지 원정지기를 사용해 돌진하던 중 뭉개버린 두 명을 제외하곤 제압에 성공한 자가 단 한 명도 없을 정도였다.

게다가 그들이 드러내는 흉성!

그것은 먹이를 발견하고 살기를 일으킨 야성의 맹수를 닮아 있었다. 그 정도의 압박감을 진영언에게 줬다.

당연히 오랜 합공에 시달리며 원정지기까지 크게 고갈된

진영언은 시시때때로 생명의 위협을 느껴야만 했다. 어떻게 하든 포위진을 뚫을 수 없기에 공포는 점점 더 심해지고 있었다.

그런 그녀에게 다시 수적 하나가 달려들었다.

여태까지의 기습과 그다지 차이가 없는 움직임이다. 이미 크게 지치고 원정지기가 손상된 터라 진영언의 대응은 처음처럼 깔끔하지 못했다.

퍼퍽!

일권일타에 얻어맞은 수적이 바닥에 나뒹굴었다.

여기까지는 여태까지와 똑같았다.

변화는 그 뒤였다.

권각에 얻어맞고 바닥에 널브러졌던 수적이 갑자기 풀쩍 뛰어올랐다.

쌩쌩하다.

애초에 아무런 타격도 당한 것 같지 않다.

더불어 녀석은 거진 진영언의 머리 부위까지 뛰어오르며 이를 드러냈다. 그대로 물어뜯기라도 할 것 같은 동작이다.

"지랄!"

진영언의 교각이 번쩍 위로 치켜 올라갔다.

앞차기다.

그에 진영언을 물어뜯으려던 수적의 턱이 박살났다. 그대로 바닥에 다시 널브러져 대 자로 뻗었음은 물론이다.

그러나 그때 다른 수적들이 십여 명이나 똑같은 방식으로 진영언을 노리며 뛰어올랐다.

여태까지 흉성을 드러내면서도 진열을 지키고 있던 것과는 완전히 달라진 모습이다. 이젠 아예 대놓고 흉성을 폭발시키며 달려들기 시작한 것이다.

'아!'

진영언은 앞이 캄캄해졌다.

연달아 광풍백연타를 전개하느라 기력과 원정지기가 모조리 바닥났다. 이렇게 무차별적인 공격을 당하게 되자 더 이상 상대할 방도가 없었다.

질끈!

진영언은 아랫입술을 깨물었다. 그러면서도 두 눈은 절대로 감지 않았다. 비록 상황이 여의치 않게 되었긴 하나 강남녹림의 총표파자답게 의연한 모습을 잃어버리진 않은 것이다.

그렇게 진영언이 개떼와 같은 수적들에 의해 갈기갈기 찢기기 일보 직전에 놓였을 때였다.

갑자기 일진광풍과 함께 진영언에게 달려들던 수적들이 추풍낙엽처럼 나뒹굴었다.

진영언의 권각에 얻어맞았을 때와는 달리 다시 일어서는 자들은 단 한 명도 없었다. 그냥 개구리처럼 널브러진 채 숨만 깔딱거리고 있었다.

스슥!

더불어 모습을 드러낸 건 대원금도를 든 운검이었다.

그는 가극염을 제압한 후 곧바로 진영언의 사념을 추격해 왔는데, 간발의 차로 그녀를 죽음의 위기에서 구해낼 수 있었다. 그야말로 처음부터 약속이라도 한 것 같은 등장이다.

촤악!

운검이 수중의 대원금도를 한차례 떨치자 순식간에 십여 개나 되는 목을 자르며 묻은 핏방울이 대지에 떨궈진다.

후드득 쏟아지는 핏방울!

그와 동시에 바닥을 피바다로 물들인 실수 개의 시체를 향해 나머지 수적들이 개떼처럼 달려들었다.

아니다.

개떼가 아니라 아귀(餓鬼)다.

수적들은 목구멍이 바늘구멍만 한 아귀들처럼 일제히 달려들었다. 방금 전까지 함께했던 동료의 시체를 향해서.

와득! 와득! 와드드드득!

삽시간에 십여 개나 되는 시체는 종적도 없이 사라졌다. 살점 하나 남지 않고 먹혀 버린 것이다.

"아!"

진영언이 현기증을 느끼고 신형을 휘청거렸다.

강남제일의 여장부.

언제 당당하게 죽음을 마주하려 했냐는 듯 당장이라도 쓰러질 것 같다.
슥!
운검이 얼른 다가와 진영언을 부축했다. 단단한 팔로 그녀를 붙잡아주고 나직하게 속삭였다.
"가자!"
"으응……."
진영언이 나직한 대답과 함께 고개를 미미하게 끄덕여 보였다. 문득 자신을 부축한 운검에게서 뿜어져 나오는 남자의 체취에 낯이 붉어져 버리고 만 것이다.

잠시 후.
운검과 진영언은 독안수마 원상이 모는 거경선에 탄 채 거경방이 위치한 섬을 떠나고 있었다.
출렁이는 물결.
어느새 태양은 중천 위에 떠올라 있었다. 악몽과 같은 새벽이 끝난 것이다.
"그래도 거경방도 전부가 그 망할 아귀가 되지 않은 건 다행이었다고 할까나?"
"……."
운검의 중얼거림에 진영언은 대답하지 않았다.
그녀는 강마대진을 상대하느라 원정지기와 체력을 크게

잃어버린 데다 운기조식조차 못했기에 기력이 크게 달리는 상황이었다. 평상시처럼 운검의 말을 곧바로 받아줄 형편이 못 되었다.

운검이 그런 그녀의 사정을 모를 리 만무하다. 내심 만난 후 처음으로 다소곳한 모습을 하고 있는 게 우습기도 하고 안쓰럽기도 했다.

'바보 같긴. 그냥 나한테 호법을 부탁하고 운기조식을 취해도 될 것을.'

내심 고개를 가로저은 운검이 진영언에게 권하듯 말했다.

"진 소저, 피곤할 테니까 선실 안에 들어가서 쉬도록 하지 그래?"

"괜찮아. 곧 적벽을 건너면 내 땅이야! 오랜만에 강남에 돌아가는 건데, 등신같이 선실에 처박혀 있을 순 없다구."

"그럼 여기에서 운기조식이라도 해. 얼굴이 창백한 게 당장이라도 쓰러질 것 같잖아?"

"내가 익힌 대불구층심공(大佛九層心功)은 운기 시 내외의 조화와 마음의 평정이 가장 중요해. 이런 진동 심한 배 위에서 운기조식을 취했다가는 주화입마에 들어도 변명조차 못한다구."

"대불구층심공? 남해 보타암의 절기인가?"

"아네?"

"사부님께 들어본 적이 있었다. 흐음, 진 소저가 대불구층

심공을 연마했다면 확실히 이런 배 위에서 운기조식을 하긴 무리겠군."

"그래, 이 바보야!"

진영언이 하얗게 질린 얼굴을 하고서도 운검에게 피식 웃어 보였다. 그가 자신을 꽤나 걱정하는 모습을 보고 마음 한 구석이 훈훈해진 것이다.

"……."

운검은 별다른 반응을 보이지 않았다. 비록 자신에게 욕을 하긴 했으나 진영언의 얼굴에는 부드러움이 넘쳤다. 나쁜 뜻을 품고 있지 않다는 건 누구라도 알 수 있을 터다.

'진 소저는 이번에 원정지기와 체력을 크게 상했다. 본래 내가 그녀의 산채까지 함께해 줘야만 하겠지만…….'

지금 이 순간.

운검의 뇌리를 차지한 다른 얼굴이 있다.

바로 가극염에게 붙잡혀 간 위소소다. 진영언의 목숨이 위태로웠기에 어쩔 수 없이 그녀를 납치해 간 가극염의 뒤를 쫓지 못했으나 이대로 두 손 놓고 있을 수만은 없었다.

거경방의 참사!

한때 무림을 떠나려고 마음먹었던 운검이나 분노가 미친 듯이 끓어올랐다. 평생 그처럼 처참한 광경을 본 적이 없었기도 하거니와 사람의 목숨을 한낱 도구로 삼는 행태를 용서할 수 없었다.

'하물며 위 소저는 나 때문에 무공을 잃은 상태다. 비록 그녀와 나는 불구대천의 원수지만, 결코 이대로 놔둘 순 없다!'

내심 마음을 굳힌 운검이 진영언을 똑바로 바라봤다.

'이글거리는 눈빛! 이 자식! 드디어 내 발아래 무릎을 꿇고서 사랑을 고백할 작정이구나! 말해, 어서 빨리! 나는 이미 네 사랑을 받아들일 준비가 됐다구!'

진영언의 창백한 두 볼이 발그레하니 달아올랐다.

두 눈엔 기대감 역시 담뿍 담겼다. 운검이 자신을 바라보는 눈빛이 심상치 않자 들끓는 흥분을 감추기 쉽지 않았다.

"진 소저, 미안하지만 나는 이곳에서 이만 작별을 고해야만 할 것 같아."

"미안해할 것 없어. 나는 이미 네 마음이 어떤지 알고 있으니까. 그러니까… 응?"

"정말이야? 고마워! 이렇게 화끈하게 이해해 줘서. 역시 진 소저는 강남제일의 여걸이야!"

와락!

운검이 두 손을 붙잡고 흔들어대자 진영언의 얼굴이 일시 새파랗게 질렸다. 언제 붉은 기운이 감돌았는가 싶다. 모든 게 운검이 할 말을 미리 예단하고 잘못된 대답을 한 결과다.

'이게 뭔 소리지? 지놈을 위해서 온갖 고생을 한 조강지처(糟糠之妻) 같은 날 개같이 거경선에 내팽개치고 지금 작별을 고하겠다고? 내가 들은 소리가 확실히 이게 맞는?'

내심 운검이 한 말을 소처럼 되새김질한 진영언의 두 눈에 독기가 어렸다.

탁!

운검의 손을 거세게 내친 진영언이 차갑게 굳은 표정으로 따지듯 물었다.

"위소소, 그년을 찾으러 가려는 거야? 중상을 입은 날 놔두고서?"

"위 소저는 납치당했다. 섬에서 봤던 그 아귀들을 만들어 냈던 자한테. 그러니……."

"그러니 나야 어찌 되든 말든 간에 놔두고서 떠나겠다고?"

"그래."

운검의 짧막한 대답에 진영언이 두 주먹을 부르르 떨어 보였다.

두 눈.

어느새 촉촉하게 젖어 있다.

강남제일의 여걸이 지금 눈물을 보이고 있는 것이다.

"너! 진짜 나쁜 놈이다. 어떻게 내 마음을 알면서 그렇게 쉽게 대답할 수 있는 거냐?"

"내 마음은 이미 정해졌으니까."

"그년한테?"

"아니."

고개를 가볍게 저어 보인 운검이 주변을 살피곤 목소리를

슬쩍 낮춰 중얼거렸다.
 "나는 위 소저가 납치되는 걸 그냥 두고 봤다, 진 소저가 걱정돼서."
 "뭐……."
 "영언, 내 뜻을 아직도 모르겠어?"
 운검이 마지막으로 한마디를 더 던지고 얼른 신형을 돌려세웠다.
 화악!
 진영언의 두 볼이 다시 붉게 물들었다. 이번에는 조금 더 색깔이 진하다.
 '이거 혹시 사랑 고백?'
 진영언이 마구 두근거리기 시작한 심장 소리에 소스라치게 놀랐다. 너무 소리가 커서 주변에서 배를 움직이고 있는 수적들 모두가 들을 것 같아 겁이 난 것이다.
 그사이 진영언을 뒤로하고 거경선의 고물에 오른 운검이 독안수마 원상에게 엄중하게 말했다.
 "원 부방주, 오늘로서 거경방은 끝났소. 지금부터 새 삶을 찾아봐야 할 터, 지금 이 순간부터 진 총표파자를 모시도록 하시오."
 "그, 그게 강물이 본래 우물물을 범하지 않듯이 녹림과 수적 간에는 교류하는 것이 아닌데……."
 "섬에서 아귀가 된 자들을 봤을 것이오. 계속 수적질을 하

다가 그런 꼴이 되고 싶은 거요?"

"그건 아닙니다! 차라리 물귀신이 될지언정 그런 꼴은 되고 싶지 않습니다! 절대로!"

"그러니 그냥 강을 버리고 산으로 들어가는 거요. 원 부방주 정도의 인재라면 진 총표파자도 앞으로 크게 중용할 테니까. 뭐, 그게 싫다면 나랑 다시 얘기를 하고."

"아닙니다! 아닙니다!"

연달아 두 번이나 소리치며 손사래를 친 원상이 연신 고개를 주억거렸다.

"독안수마 원상! 지금 이 시각부로 진 총표파자의 우마(牛馬)가 되겠습니다! 그리고 대강을 버리고 강남의 산속에 들어가서 아주 훌륭한 산적이 될 것입니다!"

"뭐, 훌륭한 산적까지 될 건 없고……."

"예! 그럼 어중간한 산적이 되겠습니다! 절대로 운 대협의 기대에 어긋나지 않는 삶을 살 것입니다!"

"……."

좀 지나칠 정도로 열렬한 원상의 마음가짐에 운검은 살짝 마음 한 켠이 부담스러웠다. 부상을 당한 진영언이 걱정돼서 쓸 만한 호위 한 명을 붙인다는 게 애물단지를 던져 준 게 아닌지 염려되는 것이다.

'뭐, 그래도 이자의 무공은 제법 쓸 만하니, 없는 것보다는 낫겠지.'

조강지처(糟糠之妻)

좋은 게 좋은 거라고.

운검은 슬쩍 마음속에 인 걱정을 애써 지우고 화제를 돌렸다.

"그런데 혹시 남는 소선(小船) 하나 없나?"

"있습니다!"

"잘됐군."

운검이 미미하게 고개를 끄덕여 보이곤 슬쩍 시선을 진영언 쪽으로 던졌다.

그러자 여전히 두 볼을 붉힌 채 손을 흔들어 보이는 그녀.

어느새 운검 역시 똑같은 표정을 한 채 손을 흔들어 보이고 있었다. 누가 보든 상관치 않고서 그리했다.

휘익! 휙!

주변에 서 있던 수적들이 일제히 휘파람을 불어댔다. 바로 얼마 전에 동료의 대부분과 거점을 모조리 잃어버린 신세들 치고는 지나칠 정도로 해맑다.

출렁! 출렁!

거경선에서 떨어져 나온 소선의 진동은 생각 이상으로 심했다. 거경선과 비교조차 할 수 없을 정도로 작은 일엽편주이니만치 어쩔 수 없는 일이기도 하겠다.

운검은 단전의 진기를 하체 쪽으로 보내서 강철 기둥처럼 소선 바닥에 신형을 고정시킨 채 멀어져 가는 거경선을 바라

봤다.
 굳이 안력을 돋울 필요가 없다.
 하염없이 점차 멀어져 가고 있는 운검을 바라보고 있는 진영언의 두 눈에는 다시 눈물이 방울방울 매달려 있었다. 자존심이 하늘을 찌르던 강남의 여걸이 오늘만 두 차례나 눈물을 보인 것이다.
 '바보같이 울기는. 내가 곧 강남으로 찾아갈 텐데…….'
 점차 멀어져 가는 거경선을 향해 운검은 끝내 안력을 돋우지 않았다.
 그럴 필요가 없었다.
 지금 이 순간!
 똑똑히 진영언의 얼굴이 아로새겨졌다. 굳이 그녀가 눈물에 콧물까지 더해서 예쁜 얼굴을 더럽히는 걸 확인할 까닭은 없었다.
 철썩! 철썩!
 소선의 뱃전으로 연신 물살이 부딪쳐 왔다.
 그에 따라 심각할 정도로 이리저리 흔들리는 배.
 "이거 설마 뭍에 도착하기도 전에 가라앉는 건 아닐 테지?"
 평생을 물이 귀한 섬서성에서 지낸 운검이다. 자맥질에 자신있을 리 만무하다.
 문득 이는 불안감에 어깨를 한차례 떨어 보인 운검이 호흡

을 천천히 가다듬었다. 혹시라도 배가 침몰하면 숨을 참고서 물까지 걸어갈 심산이었다.

   *   *   *

하남성(河南省).

등봉현(登封縣)에 있는 숭산(嵩山)의 소실봉 중턱에 위치한 소림사는 구대문파의 으뜸이자 중원무학의 시조(始祖)로 이름이 높았다.

그런 소림사의 이름은 본래 '소실봉의 북쪽 숲 속에 있다' 라는 뜻에서 유래된 것인데, 흔히 알려진 것과 달리 달마대사(達摩大師)가 아닌, 북위의 효문제 때 천축에서 온 발타선사가 그 시조이다.

그럼 어째서 세상 사람들은 달마대사를 소림사의 시조로 추앙하고 있는 것일까?

그건 다름 아닌 소림사의 이름을 천하에 떨친 칠십이종절예의 시초가 되는 소림오권(少林五拳)과 역근경(易筋經), 세수경(洗髓經)의 양대비전이 바로 달마대사로부터 시작된 까닭이다.

그만큼 중원인들은 하남성 등봉현의 숭산의 소실봉 북쪽 숲 속에 위치한 오래된 사찰을 중원 불교 임제종(臨濟宗)의 태두가 아닌 무림의 태산북두로 인식하고 있었다.

데엥!

맑고 우렁찬 범종의 울림.

새벽부터 소실봉을 향해 걷고 있던 챙 넓은 방립으로 얼굴 전체를 가린 청년이 슬쩍 고개를 치켜 올렸다.

얼핏 소실봉의 소담스런 봉우리 사이로 보이는 맑은 하늘.

또한 방립 사이로 드러난 얼굴 역시 무척 준수하다.

비록 한쪽 뺨에 희미한 검상 자국이 살짝 나 있기는 하나 청년의 잘생긴 얼굴에 큰 흠을 만들진 못할 듯싶다. 그 정도로 빼어난 외모였다.

그런 용모의 청년이 흔할 리 만무하다.

오늘 소림사로 향하는 소실봉의 소로에 모습을 드러낸 이는 몇 달 전 섬서성을 떠나온 북궁휘였다.

'종소리에 담긴 기운이 결코 범상치가 않구나! 하긴 이곳은 소림사가 있는 곳이니, 어쩌면 당연한 일인지도 모르겠구나!'

내심 종소리에 담겨진 기운을 가늠하던 북궁휘가 천천히 고개를 가로저었다.

무림의 태산북두!

비록 근자에 이르러 사패에게 순위가 뒤로 밀리긴 했으나 구대문파의 수좌를 거의 천 년 가까이 유지했던 소림사다. 쉽사리 그곳의 크기와 깊이를 재려 한다면 그것이야말로 오만

이라 할 터였다.

슥!

다시 방립을 내려쓴 북궁휘가 소로를 천천히 걷기 시작했다. 더 이상 지체할 시간이 없다는 판단이었다.

그렇게 한참 소로를 걸었을 때다.

갈수록 울창해지던 숲이 갑자기 환한 빛을 토해냈다. 햇빛조차 가리던 삼림이 끝이 난 것이다.

데엥!

그때 예의 범종 소리가 다시 울려 퍼졌다. 마치 손님인 북궁휘를 맞는 듯하다.

과연 숲이 끝나고 드러난 넓은 분지.

그 한참이나 뒤쪽에 우뚝 솟아 있는 주사빛 대문 쪽에서 한 명의 소사미가 모습을 드러냈다.

빡빡 깎은 민대머리.

귀여운 얼굴.

작은 키의 소사미는 대문을 폴짝 뛰어넘더니, 종종걸음으로 북궁휘를 향해 냉큼 달려왔다.

'대여섯 살이나 되었을까? 그런데도 걸음이 가볍고 하체가 극히 안정되어 있다!'

북궁휘는 이미 초절정을 바라보는 무위를 이룬 고수다.

한눈에 소사미의 무공 기틀이 꽤나 훌륭하다는 걸 알아본 그가 역시 몇 걸음 앞으로 나아가 슬쩍 고개를 숙여 보였다.

"소형제, 반갑구나!"
"어!"
소사미가 북궁휘의 갑작스런 인사에 걸음을 멈추고 두 눈을 동그랗게 떴다.
"나는 소형제가 아닌데……."
"뭐?"
"나는 소형제가 아니라 소사미예요. 아직 계를 받진 않았지만, 당당한 민대머리 중이라구요!"
"미, 민대머리 중?"
"암요!"
양손을 허리춤에 척하니 걸친 채 소사미는 북궁휘에게 훈계하듯 말했다.
패나 귀여운 모습.
문득 북궁휘가 참지 못하고 웃음을 터뜨렸다.
"푸훗!"
소사미의 얼굴이 붉어진다. 짐짓 중으로서의 위엄을 보였는데, 북궁휘에게 완전히 무시를 당했다고 여긴 것이다.
"치잇! 어째서 웃는 거예요! 나는 진짜로 민대머리 중놈인데……."
"품! 아하하하!"
북궁휘는 결국 두 눈에 눈물마저 매단 채 대소를 터뜨렸다. 누군가 눈앞의 소사미를 속였다는 걸 눈치 챈 까닭이다.

조강지처(糟糠之妻) 311

소사미로선 억울하다.

"웃다니! 비웃다니! 그렇게 계속 민대머리 중놈을 모욕했다가는 부처 할배한테 혼난다구요! 혼나!"

"소, 소형제, 나는 소형제를 모욕하려는 게 아니라……."

"이익!"

결국 소사미가 발로 바닥을 한차례 차고는 휑하니 신형을 돌려 다시 주사빛 대문 쪽으로 달려가 버렸다. 북궁휘에게 크게 화가 난 모습이다.

북궁휘가 그제야 웃음을 멈췄다.

'이거, 귀여운 소형제가 화가 아주 단단히 난 모양인걸? 웃기 전에 이곳이 소림사로 향하는 길이 맞는지 먼저 물어봤어야 했는데…….'

북궁휘는 내심 혀를 찼다. 자신의 실수를 그제야 깨달은 것이다.

그때다.

언제 화가 나서 달려갔냐는 듯 다시 소사미가 돌아왔다. 역시 극히 안정된 보법이 인상적이다.

"아미타불(阿彌陀佛)! 오늘 찾아오기로 한 북궁휘 시주님이 맞으시죠?"

"그, 그래."

"소승을 따르시지요. 일단 지객당으로 안내하겠습니다."

"……."

순식간에 완전히 달라진 소사미의 행동에 북궁휘가 눈에 이채를 담았다.

그러나 그는 이미 후회를 한 참이었다.

다시 쓸데없는 말로 눈앞의 어린 소사미를 희롱할 생각은 없었다.

그렇게 한참 소사미의 뒤를 따라 몇 개의 주사빛 대문을 통과하자 고색창연한 십여 개의 건물이 모습을 드러냈다. 소림사의 본원에 들 자격을 얻기 전 손님들을 머물게 하는 지객당임이 분명할 터다.

과연 소사미가 건물 앞에 이르러 걸음을 멈추곤 북궁휘에게 설명하듯 말했다.

"북궁 시주님께서는 이곳에서 잠시 기다리십시오. 지객당 주이신 무연(無緣) 사형을 모셔오겠습니다."

"무연 사형?"

"실례했습니다. 소승의 법명은 무진(無瞋)으로 장경각주이신 법혜 사부님을 뫼시고 있습니다."

"허!"

북궁휘가 자신도 모르게 탄성을 터뜨렸다.

장경각주인 법혜 선사.

그와는 구면이다. 전날 북궁세가에 소림사를 대표해서 찾아온 적이 있기 때문이다.

'법혜 선사님이라면 소림사에서도 세 손가락 안에 드는 고

수이며 최고의 배분을 자랑하는 분이다. 그런데 어찌 이런 쬐 끔한 까까중을 제자로 삼았단 말인가?'

북궁휘의 뇌리로 얼마 전 자신을 민대머리 중놈이라며 떼를 쓰던 무진의 모습이 스쳐 갔다. 지금은 이렇게 의젓한 모습을 보이고 있지만 당시엔 그야말로 엉뚱한 행동으로 사람을 즐겁게 하는 꼬마 중에 불과했다.

무진이 그 같은 북궁휘의 내심을 알 리 없다.

그는 다시 정중하게 북궁휘에게 고개를 숙여 보이곤 지객당 쪽으로 달려갔다. 사형이자 지객당주인 무연 대사를 데려오기 위함이었다.

한참 후 무연 대사가 무진과 함께 북궁휘 앞에 모습을 드러냈다.

그 역시 낯이 익은 얼굴.

전날 구정회의 기인이사들과 자리를 함께했던 중년승이 바로 소림사의 지객당주인 무연 대사였다.

"아미타불! 북궁 시주, 참으로 고초가 많으셨소이다!"

"대사님, 별래무양하셨습니까?"

"불문에 귀의한 사람에겐 별래무양이란 게 큰 의미가 없지 않겠소이까?"

"그렇군요. 소생이 실수했습니다. 그런데 오늘 제가 귀 사찰을 찾은 뜻은……."

"이곳은 소림사입니다. 굳이 설명하지 않으셔도 된다는 뜻입니다."

손을 내밀어 북궁휘의 설명을 끊은 무연 대사가 담담한 표정으로 말을 이었다.

"사부님께서 이미 오래전부터 북궁 시주를 기다리고 있었소이다. 어서 빈승을 따르시지요."

"예."

북궁휘가 대답과 함께 슬쩍 구름 가득한 하늘을 쳐다봤다. 문득 섬서성을 떠나기 전 마지막으로 들렀던 수해촌이 떠오른다. 생사조차 불분명한 사부 운검의 얼굴과 함께다.

'대소림! 분명 내게 큰 힘을 줄 것이다! 하지만… 나는 여전히 운검 사부님의 제자이고 검종의 이제자이다! 그 점을 나는 결코 잊지 않을 것이야! 응?'

내심 중얼거리며 하늘로부터 시선을 거둬들이던 북궁휘의 눈에 이채가 어렸다.

방금 전까지 무연 대사의 곁에 얌전히 시립해 있던 무진.

어느새 멀찍이 떨어진 지객당의 섬돌 위에 쭈그려 앉은 채 북궁휘를 바라보며 입술을 삐죽거리고 있다.

'어떻게……'

북궁휘의 시선이 황급히 무연 대사 쪽을 향했다. 그러자 그곳에는 여전히 나이답지 않게 점잖은 태도의 무진이 서 있다. 북궁휘의 기감을 피해 멀찍이 떨어진 지객당의 섬돌로 달려

간 건 아니었다.

대소림사!

범인의 상상을 초월하는 일, 한두 가지 정도는 존재하는 게 당연하다. 잠시 눈앞의 점잖은 무진과 자신을 향해 입술을 삐죽거리고 있는 무진을 살핀 북궁휘가 무연 대사를 따라 걷기 시작했다.

데엥!

기다렸다는 듯 다시 예의 범종 소리가 들려온다.

오늘로 세 번째.

북궁휘는 이번 역시 범상치 않은 소리라 생각했다. 그러나 이미 누가 범종을 울리는지에 대해선 크게 개의치 않고 있었다.

『화산검종』 제5권 끝

무한 상상 · 공상 세계, 청어람 신무협&판타지

설봉 新무협 판타지 소설!
절대로 놓칠 수 없는 2006년 최고의 걸작!!

마야(魔爺) / 설봉 지음

강렬하다……!
절대적 무협 지존!
『마야』
(魔爺)

소사(小事)로 시작되어 천하대란(天下大亂)으로 이어지는 끝없는 피의 역사…

북검문(北劍門)과 남도문(南刀門)의 탄생이었다.

두 세력은 장강을 경계 삼아 전쟁을 방불케 하는 싸움을 벌이고 있다.
삼십 년…… 삼십 년 동안이나…….

그리고 절대 죽을 것 같지 않던 그가 죽었다.

"나를 죽인 건…… 큰 실수야.
나보다 훨씬 무서운… 곧… 곧 너희를……."

유행이 아닌 자유추구 -
WWW.chungeoram.com

일류 新무협 판타지 소설

검기를 자유자재로 다루고
검강으로 모든 것을 자르며
검선(劍仙)이 되어 검 한 자루에
몸을 싣고 하늘을 날고 싶다!

달밤에 호수에서 헤엄치다 우연히 천마검의 영혼에 닿은 첫 생명체가 된
소년 적우강!!
그에게 다가온 운명적 만남, 접창과 장문인 문일선.
그의 제자가 되어 현천일검(炫天一劍)을 익히게 되는데……

천마의 힘을 누르지 못하면 죽는다!!
검선이 되는 것만이 살길이다!!

 유행이 아닌 자유추구 -
WWW.chungeoram.com

Book Publishing CHUNGEORAM

무한 상상·공상 세계, 청어람 신무협&판타지

『한백무림서』11가지 중『무당마검』,『화산질풍검』을 잇는 세 번째 이야기『천잠비룡포』의 등장!!

천상천하 유아독존!!
새로운 무림 최강 전설의 탄생!!

『천잠비룡포』
(天蠶飛龍袍)

천잠비룡포(天蠶飛龍袍) / 한백림 지음

천잠비룡황, 달리 비룡제라 불리는 남자.

그는 누군가의 명령을 받고 움직이는 남자가 아니다.
그는 자신의 적을 앞에 두고 물러나는 남자가 아니다.
그는 자신의 이름 안에 있는 자들의 원한을 결코 잊는 남자가 아니다.

그 누구보다도 결정적이고 파괴력있는 면모를 지닌 남자.
황(皇)이며, 제(帝). 그것은 아무나 지닐 수 있는 칭호가 아니다.
그는 제천의 이름으로도 제어할 수가 없는 남자였다.

무적의 갑주를 몸에 두르고
가로막은 자에게 광극의 진가를 보여준다.

유행이 아닌 자유추구 -
WWW.chungeoram.com

Golden Key

박이수 소설
황금열쇠

「달의 아이」,「붉은 소금성」의 작가 박이수.
그가 또 하나의 기대작「황금열쇠」로 나타났다.

우연한 만남이란 단어는 그들에겐 존재하지 않았다.
얽혀 있는 사람들… 그리고 피할 수 없는 운명의 굴레!

뒤틀려 버린 운명의 주인공 셰이엔 가이스카 리베 폰 라시에…
한순간 인생이 뒤바뀐 불운의 주인공 듀이 델크!
그리고… 유일하게 그녀를 기억하는 단 한 사람 이샤무딘!

이제 운명의 주사위는 던져졌다.
엇갈린 운명 속에 모든 사건은 하나로 연결된다!
황금열쇠를 차지하기 위한 그들의 위험한 모험이 지금 시작된다.

 유행이 아닌 자유추구 -
WWW.chungeoram.com

Book Publishing CHUNGEORAM

武士 廓優

참마도 新무협 판타지 소설

무사 곽우

『무정지로』, 『십삼월무』, 『화산진도』의
작가 참마도, 그가 돌아왔다!!

새롭게 시작되는 그의 네 번째 강호 이야기!!

"힘이 있는 자가 없는 자를 돕는 것입니다.
또한 힘이 없다면 돕기 위해 노력이라도 하는 것입니다.
그것이 진정한 협 아니겠습니까?"
"호오……."
송완은 다시 봤다는 듯 곽우를 바라보았고 담고위는
무슨 케케묵은 보물단지 보는 듯한 얼굴을 만들었다.
송완은 살짝 킥킥거리며 웃다가 이내 곽우에게 말했다.
"틀렸다. 협이란 무공이 높은 자의 중얼거림일 뿐이야.
무공이 낮은 자는 그저 그 협을 바라만 보고 있어야 하는 것이지.
그래서 세상은 협사가 널렸고 그 협사의 주변엔 구더기들이 들끓고 있는 거야."

강호라는 세상 속에서 지금 한 사람이 그 눈을 뜨려 한다.
한 자루의 부러진 검과 함께 곽우라는 이름을 가지고……

유행이 아닌 자유추구
WWW.chungeoram.com

Book Publishing CHUNGEORAM